Collection
"LIV'en poche"

N° I.S.B.N. : 2-910781-91-7
N° I.S.S.N. : 1281-6175

Gabriel Vinet

La Femme rousse du dolmen

LIV'ÉDITIONS
Carrefour du livre
20, rue de Portz-en-haie
56320 Le Faouët

Du même auteur,
dans la même collection

Le Rendez-vous de la Korrigane
Les Noyés de l'Arz
La Maison au bord de la falaise
La Femme rousse du dolmen
Le Pêcheur de l'île aux Pies
Un Festival meurtrier
La Morsure du serpent
Le Sorcier de Vannes

AVERTISSEMENT DE L'AUTEUR

À tous les lecteurs qui pourraient se reconnaître dans l'un ou l'autre des personnages de ce roman, l'auteur dit, avec certitude, qu'ils se trompent.

Quant aux noms des personnages, ils ont été choisis, tout à fait au hasard, dans les pages blanches de l'annuaire officiel des Postes.

Enfin, toutes les villes, bourgs ou villages cités se trouvent bien en Bretagne, mais l'auteur, par pure fantaisie romanesque, les a assez souvent déplacés, éloignés ou rapprochés les uns des autres, selon son humeur du moment, mélangeant parfois la description de l'un avec celle de l'autre.

Un vrai pastis breton !

À la mémoire de Jo,
beaucoup trop tôt disparu.
Pour moi il a été comme un fils.
Il aurait aimé ce roman,
j'en suis sûr.

Lundi 1er novembre, jour de la Toussaint

Chapitre premier

Comme à peu près tous les jours sans école, les gamins et les jeunes, garçons et filles du petit bourg de Languidic, venaient jouer à cet endroit désert, surtout un matin de 1er novembre, jour de Toussaint, un lieu situé à quelque quatre cents mètres du village.

L'endroit s'appelle Coët-Organ. C'est une sorte de promontoire, une vaste étendue semée, ça et là, de buissons d'ajoncs, de genêts, de touffes de bruyère, et qui domine d'une bonne trentaine de mètres une belle vallée bretonne. Le Blavet, sinueux, coule tout en bas. La vue est splendide.

Mais ce qu'il y a d'encore plus remarquable à Coët-Organ, c'est un vieux moulin à vent situé à cinquante mètres du bord du promontoire, de cette falaise abrupte qui plonge jusqu'à la rivière. Certes, le moulin a depuis longtemps perdu ses grandes ailes d'oiseau. Encore debout, solide, il apparaît tel un cierge planté là à la mémoire des temps anciens.

Et ce n'est encore pas tout. À une vingtaine de mètres du moulin, une bâtisse de moyennes dimensions. Sur sa façade de pierres rouges, on peut lire une vieille enseigne aux lettres bleues, défraîchies par les pluies et les gels : *Auberge du Meunier*. L'auberge est depuis longtemps inhabitée, sauf les week-ends aux beaux jours, et quelques semaines l'été.

Enfin, et peut-être par-dessus tout, comme pour parfaire ce tableau déjà singulier, il y a, à peu de distance, sans doute pour donner la dernière note bretonne, un beau dolmen à gauche de l'auberge et, à une trentaine de mètres à droite, trois menhirs dressés en triangle.

Inutile de dire qu'un paysage aussi typique d'un passé riche de mystères celtes, de traditions anciennes, millénaires, bretonnes est un lieu très fréquenté, surtout à la belle saison, par des légions de touristes venant parfois de fort loin, en voiture, en autocar. Des générations de peintres de talent sont également venus ici planter leur chevalet.

Donc ce lundi 1er novembre, jour de la Toussaint, vers dix heures du matin, une bande de garçons et filles du bourg de Languidic étaient éparpillés à travers la lande, jouant à cache-cache, aux gendarmes et aux voleurs, au ballon, enfin à tous les jeux de cet âge entre 6 et 15 ans. Pendant ce temps-là, les parents savourent une paix royale à la maison.

Un petit groupe de ces jeunes vint jouer au ballon en face des trois menhirs. Ils s'amusaient à un jeu classique à Languidic, lancer le ballon sur ces hautes pierres dressées, en visant la pointe, pour faire rebondir le ballon le plus loin possible.

Et c'est par hasard qu'un garçon, courant après la balle qui partait dans la direction du dolmen, s'arrêta net, et resta figé sur place.

— Vous avez vu, les gars ? cria-t-il. Il y a un mannequin de cire couché sur le dolmen.

Tous les jeunes se retournèrent, accoururent, et s'approchèrent.

— Ben ça alors !

Ils en restaient bouche bée.

— Drôlement bien imité ! dit un grand. Des

fois on en voit des pareils dans les magasins de vêtements pour femmes, mais ils sont habillés. Celui-là, il est tout nu.

— Et alors ? dit un garçon à l'air plutôt dégourdi. Et alors ? T'en as jamais vu des tout nus ? Moi, quand la vendeuse refait la vitrine chez Femme-Chic à Guéméné, je m'arrête toujours pour regarder. Quand elle me voit, elle se dépêche de se mettre devant et de passer une culotte sur les fesses du mannequin et un soutien-gorge sur les nichons. Et puis elle me tire la langue et, à travers la vitrine, elle me crie : "Petit vicieux !" Moi, je hausse les épaules et je m'en vais en rigolant. "Tu parles !" que j'ai envie de lui répondre, "ton mannequin ne m'excite pas. Il n'a même pas de nombril, et il manque de poils frisés au-dessus de l'entrejambe..."

— Un jour, dit un autre garçon, à peu près du même âge ingrat de la puberté, moi, un jour, au comptoir du bar *Chez Jules*, j'ai entendu un vieux bonhomme qui disait en parlant de la foufoune des femmes : "C'est comme le triangle des Bermudes. Il arrive même aux meilleurs marins de s'y perdre et d'y faire naufrage."

— Ça veut dire quoi ? demanda innocemment un gamin d'une huitaine d'année. Ça veut dire quoi ?

— Demande à Jacques ! Il a l'air de s'y connaître. Il va te faire un dessin, répondit le jeune marin breton.

— On va voir de plus près, les gars ! dit l'un des garçons.

— Tu parles que oui ! répondit un autre.

Tous, une demi-douzaine, se retrouvèrent autour du dolmen. Les réflexions fusaient de toutes parts.

— Tu crois vraiment que c'est un mannequin ?

— Ben oui ! Tu vois bien qu'elle porte une perruque. Des femmes aussi rousses que ça, ça n'existe pas en vrai. En tout cas les nichons sont drôlement bien réussis...

— Allez les gars, assez déconné, dit l'un des plus grands, un certain Jean-Marie. Yvon et toi, Jacques, faites-moi la courte échelle, je vais monter sur le dolmen et descendre la poupée.

Les deux copains se mirent en place, au pied du dolmen. En deux temps trois mouvements, Jean-Marie, leste comme un chat, se retrouva debout sur le dolmen. Il resta comme pétrifié.

— Ben merde, les gars ! finit-il par articuler. Ben merde ! c'est une vraie !

— Une vraie quoi ?

— Une vraie femme, connard !

— Tire sur sa tignasse rousse, dit Jacques.

Jean-Marie se pencha et tira sur les cheveux.

— Ils sont vrais, dit-il.

Et il sauta à terre. Il était blême.

— C'est une vraie femme, nue et morte, répéta-t-il à ses copains médusés.

Certains gardaient les yeux fixés sur le cadavre, là-haut. D'autres baissaient les yeux, sans doute par pudeur.

— Faut pas rester là comme des cons ! dit Jean-Marie qui s'était ressaisi. Faut aller au village donner l'alerte.

Deux minutes plus tard, tout le groupe de jeunes arrivait sur la place du bourg.

— On prévient qui ? C'est la Toussaint. Il est dix heures et demie. Le curé est en train de dire la messe.

— On va au bistrot *Chez Jules*, dit l'un des garçons.

Jean-Marie pénétra dans le bar. Les autres restèrent sur la place.

— Je sers pas les moins de 18 ans non accompagnés par leurs parents ! s'exclama Jules, le patron, en voyant le jeune entrer. Si tu as soif, tu vas en face, chez le curé, boire un canon de vin de messe... D'ailleurs, un jour de Toussaint tu devrais être à l'église, à genoux en train de prier pour tes ancêtres.

— J'ai pas soif, dit Jean-Marie. Il y a un coup dur du côté du moulin d'Organ, au dolmen.

— Au dolmen ? La dalle de pierre est tombée ? Y'avait quelqu'un dessous ?

— Non ! dit Jean-Marie. Mais il y a un cadavre dessus. Une femme rousse, à poil.

— Tu parles sérieusement ou tu déconnes ? Ce serait pas la première fois, tes bobards...

— C'est sérieux, Jules ! Je suis monté. On croyait que c'était un canular fait avec un mannequin. J'ai touché. C'est une vraie femme, morte, froide.

— Bon Dieu ! Vous avez entendu, les gars ? dit Jules en s'adressant aux quatre hommes assis au fond de la salle en train de taper une belote.

À l'heure d'une messe de Toussaint, c'était pas tellement chrétien.

— Quoi, Jules ?

— Le cadavre d'une femme nue, étendue sur le dolmen, près de l'auberge du Meunier. Jean-Marie en vient.

— C'est pas une connerie, dit Jean-Marie. C'est vrai. Faut prévenir les gendarmes.

— D'accord ! D'accord ! dit Jules. On va prévenir les gendarmes. Mais d'abord on va aller voir. Vous avez vos vélos, les gars ? Qui va faire un saut là-haut ? Il y en a pour une minute, c'est à deux pas.

— Allez, Paul, tu viens avec moi ! dit un joueur, s'adressant à son vis-à-vis qui était prêt à lancer une carte sur le tapis vert.

— D'accord, je viens ! dit ce dernier en remettant sa carte dans le jeu. D'accord, j'y vais ! Mais gare à tes fesses, Jean-Marie, si tu me fais déplacer pour des prunes... T'en serais pas capable, hein ? Et vous autres, n'en profitez pas pour tripoter les cartes pendant ce temps-là... Je connais mon jeu.

— Je vais les surveiller, dit Jules. Allez, prenez vos vélos et filez voir ! Jean-Marie, pour une fois, à l'air de dire vrai, même qu'il ne paraît pas être du tout dans son assiette. Jean-Marie, je te sers un petit calva... pour te remonter... mais motus... j'ai pas le droit... je te sers un médicament, c'est tout.

— Merci, Jules ! dit Jean-Marie. C'est vrai ! La femme là-haut sur le dolmen est morte. C'est une rouquine... une vraie rouquine.

— Comment le sais-tu, que c'est une vraie rouquine ?

— Ben !... Jules !... les poils... là... dit Jean-Marie en désignant le bas de son ventre.

— Ben oui ! dit Jules, puisqu'elle est nue, forcément t'as vu.

— Forcément, j'ai vu, dit Jean-Marie après avoir avalé une gorgée de calva qui le fit tousser. Il est fort, ton calva !

— J'ai pas l'habitude de servir de la bibine, dit Jules. L'Eau précieuse, c'est pour nettoyer l'extérieur des nanas, le calva, c'est pour nettoyer l'intérieur des hommes. T'es un homme, Jean-Marie, enfin presque, puisque tu sais déjà reconnaître les vraies rouquines.

Trois minutes plus tard, les deux joueurs de belote étaient de retour. Ils descendirent de leurs vélos, tout excités. Les bécanes vite posées à côté de la porte, ils firent irruption dans le bar.

— Jules ! Téléphone aux gendarmes de

Guéméné. C'est vrai. Et ça fait sacrément drôle à voir. Qu'est-ce qui a pu faire un coup pareil un jour de Toussaint ? Et, en plus, c'était une belle femme ! Vous pouvez ranger les cartes, vous autres. La partie est terminée pour aujourd'hui.

— Ça va jaser dans le pays ! dit Jules.

Les cloches de la petite église de Languidic se mettent à sonner la fin de la messe de la Toussaint.

Les ouailles fidèles, après avoir prié pour les morts, ne vont pas tarder à se répandre sur la place, devant *Chez Jules* des petits groupes se formeront. Côté hommes, on parlera haut et fort avant de s'engouffrer dans le bistrot de Jules. Côté femmes, il y aura pas mal de messes basses... on communiera de petites médisances.

Mais qu'en sera-t-il lorsqu'on va lâcher la nouvelle ? Elle va faire le tour de la place à la vitesse des langues qui tournent vite, et qu'une seule fois, dans chaque bouche.

— Bon Dieu ! que ça va faire du boucan, dit Jules, derrière son comptoir, la bouteille de pastis à la main. J'ai envie de sortir pour leur annoncer la nouvelle, histoire de faire concurrence au prêche du curé :

"Écoutez tous, braves gens ! sur le dolmen, près de l'auberge du Meunier, il y a le cadavre tout nu d'une femme rousse, d'une vraie rousse. Quel est, parmi vous, le salaud de chrétien qui a fait le coup ? Qu'il se dénonce ! Les gendarmes de Guéméné vont arriver d'une minute à l'autre."

Pensait pas si bien dire, Jules. La voiture des gendarmes arrivait tout juste et stationnait devant le bar.

Jules sortit. Bref conciliabule avec les pandores. Les deux joueurs de belote montent dans la voiture. Et celle-ci démarre sur les chapeaux de roue, direction l'auberge du Meunier. Un silence de mort s'était abattu sur les fidèles paroissiens. Par définition, un jour de Toussaint n'est pas un jour à rire...

Alors Jules, sur le pas de la porte de son bistrot, bombe le torse et lâche son bulletin d'information qui va ensuite courir d'un groupe à l'autre dans un silence avide qui veut tout savoir.

Et bientôt, sur la place de Languidic, de l'assemblée de tous ces gens endimanchés monte un grand brouhaha... celui des bouches qui mâchent, déforment, amplifient la nouvelle incongrue de la femme rousse, morte, et toute nue, étendue sur le dolmen d'Organ.

Il est onze heures.

Une heure plus tard, dans le clocher de la petite église de Languidic, les douze coups de midi venaient de s'égrener, comme un glas qui sonne un trépas. Il y avait encore des groupes d'hommes et de femmes sur la place.

Trois voitures de police traversèrent la rue principale du bourg et s'engagèrent sur la petite route qui mène au moulin d'Organ.

Du côté des menhirs, à l'orée du petit bois, un groupe de curieux étaient venus de la place du village pour faire les voyeurs.

Les gendarmes de Guéméné avaient repoussé là ceux qui voulaient s'approcher un peu trop du dolmen. La femme était toujours étendue là-haut, la face tournée vers le ciel. Les gendarmes n'avaient touché à rien, se contentant de parcourir les alentours à la recherche d'éventuels indices.

Six hommes descendirent des trois voitures. Tous étaient en civil. L'un portait une grosse serviette noire qui avait tout l'air d'être celle d'un toubib. Le médecin légiste sans doute. Un deuxième était armé d'un appareil photo. Deux autres sortaient chacun une mallette du coffre de leur voiture. Tous se dirigeaient vers le dolmen.

Enfin deux hommes, un grand sec, l'autre plutôt rondouillard, étaient restés près des voitures et semblaient, du regard, faire un tour d'horizon, prendre acte de la situation. Tranquilles !

Le rondouillard aperçut soudain le groupe de curieux.

— Loïc ! cria-t-il, va me prendre une photo des voyeurs, près du bois. On sait jamais, l'assassin est peut-être parmi eux.

Le photographe ne fit que trois ou quatre pas. Les voyeurs surpris déguerpissaient et reprenaient tous, tête basse, la route du village. Une personne pourtant était dans le bois, dissimulée derrière le tronc d'un gros chêne, mais c'était tout à fait à l'opposé de la petite route. Les hommes de la police ne regardaient pas dans cette direction. Et cependant la personne planquée là était, sans aucun doute, la plus intéressée par ce qui allait se passer maintenant.

L'homme grand et sec était le commissaire Le Garec ; le plus petit, légèrement rondouillard donc, son adjoint, l'inspecteur Thobie. Tous deux de la brigade criminelle de Vannes. Ils s'étaient approchés du dolmen, et manifestement c'était eux qui donnaient les ordres.

La voiture de la gendarmerie s'était rangée le long du dolmen, à le toucher. Le photographe était aussitôt monté sur le toit et, de là, sur le dolmen, sans aucun effort. Et les flashes se succédaient.

La femme nue était photographiée sous tous

les angles, de la tête aux pieds, dessus, par côté, et surtout le visage.

Son travail terminé, il redescendit sur le toit de la voiture et sauta à terre.

Il fut aussitôt remplacé par l'un des hommes avec mallette. Arrivé sur le dolmen, il ouvrit cette dernière. Ce qu'il fit alors est difficile à décrire, et de toute façon échapperait à l'entendement du commun des mortels. Peut-être relevait-il des empreintes ou des signes de ce genre. Il fut nettement plus long que le photographe.

Enfin, c'était manifestement au tour de l'homme qui portait la grosse serviette noire de monter là-haut. Là, il y avait problème... grimper sur un dolmen ne devait pas être son exercice physique favori.

La serviette une fois posée sur le toit de la voiture, l'homme regardait cette dernière, regardait le dolmen, regardait la voiture, regardait les gendarmes. Il avait tout l'air de se demander comment il allait bien pouvoir s'y prendre pour se rendre au chevet de la morte. C'était le médecin légiste, et il semblait loin d'être aussi leste que le photographe et que l'homme de l'identité judiciaire. Il faut dire, à sa décharge, que son âge avait largement dépassé le demi-siècle. Ses cheveux plus blancs que gris en portaient témoignage.

Toujours prêts pour les missions périlleuses, les deux gendarmes se dévouèrent. Après avoir enfilé des gants, ils firent l'ascension. Ils commencèrent par ramener le corps tout au bord du dolmen. Puis, revenus sur le toit du véhicule, ils prirent tout simplement la femme, l'un par les épaules, l'autre par les pieds et l'allongèrent sur la voiture. De là, sautant à terre, ils descendirent le corps et le posèrent sur une couverture disposée sur le sol. L'homme de l'art mortuaire pouvait commencer son travail. Il n'avait plus qu'à se mettre à genoux. Apparemment ses rhumatismes le lui permettaient encore, sans trop le faire souffrir.

Une chose n'avait pu échapper à tous ceux qui avaient assisté à cette manœuvre : le dos de la femme portait des éraflures, des égratignures, alors que le reste du corps apparaissait absolument intact.

Le médecin légiste, lui, avait fait une autre remarque qu'il avait d'ailleurs communiquée au commissaire Le Garec et à l'inspecteur Thobie : le cadavre était d'une rigidité peu commune.

— Ah ! avait fait Le Garec.

— Peut-être bien qu'on lui a fait manger du “poisson-globe” japonais ? avait dit Thobie.

Le médecin légiste s'était vivement retourné vers l'inspecteur.

— Peut-être bien ! En tout cas, on a dû lui faire avaler un poison qui provoque les mêmes réactions... une tétanisation rapide et générale de tout le corps... Regardez ses lèvres... bleues, trop bleues...

Il se tut et reprit son travail avec une minutie aussi remarquable qu'agaçante. Il regardait la femme d'un œil si particulier que cela en devenait gênant. Il était préférable de détourner son regard vers le moulin, l'auberge, les menhirs, la lande bretonne, les ajoncs, les touffes de bruyère.

Le commissaire Le Garec avait tiré l'inspecteur Thobie par la manche et l'avait emmené à l'écart.

— Qu'est-ce que c'est que cette histoire de “poisson-globe” japonais ? Une de vos blagues macabres, inspecteur ?

— Commissaire ! vous n'avez jamais été au Japon ? demanda Thobie.

— Non ! Pourquoi ? Je suppose que ça doit manquer à mon éducation ou à mon instruction ?

— Oh commissaire ! votre éducation est parfaite, mais, côté instruction, je note une certaine lacune concernant vos connaissances sur le “poisson-globe” japonais.

— Thobie ! Je connais le poisson-chat, dit Le Garec, mais à ma connaissance il n’a encore griffé et fait miauler personne. Alors, Thobie, votre “poisson-globe”, lui, il fait quoi ?

— Pas grand-chose d’autre qu’un poisson ordinaire ! Il nage convenablement. Il a tout de même deux particularités. Une : la propriété de se gonfler d’air démesurément à la moindre irritation. Son bide devient ballon. Deux : son foie contient un poison jusqu’à 300 fois plus puissant que le cyanure lui-même. Et, commissaire, manger ce foie – délicieux, paraît-il – conduit irrémédiablement à une mort atroce. La paralysie commence par les articulations des doigts, puis des bras, du cou, des jambes. Le mangeur de foie du “poisson-globe” est dans l’impossibilité absolue de se lever, de bouger, de parler, et bientôt ses poumons ne peuvent plus respirer... Les membres et tout le corps du mangeur imprudent, ou trop gourmand, se tétanisent et prennent la raideur d’un tronc d’arbre. Il paraît que la mort peut survenir en deux ou trois minutes, ou en deux ou trois heures... Vous avez vu, commissaire, la femme descendue du dolmen par les deux gendarmes... raide comme un morceau de bois.

— Vous m’impressionnez, Thobie ! dit Le Garec. Il y a des “poissons-globes” japonais en Bretagne ?

— On sait jamais, commissaire ! depuis la fin de la guerre des Chouans, les frontières de la Bretagne sont devenues une véritable passoire. Entre et sort qui veut. Alors, un poisson d’une quarantaine de centimètres peut parfaitement passer inaperçu, en remontant, par petites étapes, le canal de Nantes à Brest, par exemple...

— Avec vous, inspecteur Thobie, le problème c'est qu'on ne sait jamais quand vous parlez sérieusement et quand vous déconnez allégrement.

— C'est l'un des charmes de ma nature, répondit Thobie.

Les deux hommes, faisant effort pour réprimer un début de fou rire, revinrent vers le cadavre de la femme rousse que palpait consciencieusement un médecin légiste horriblement curieux. Dans le silence général, les genoux de ce dernier craquèrent un peu lorsqu'il se remit debout, son examen terminé.

— Alors, docteur ? interrogea Le Garec.

— Empoisonnement sans aucun doute possible. Pas idiote, inspecteur, ajouta-t-il à l'adresse de Thobie, pas idiote votre référence au “poisson-globe”. L'analyse nous dira exactement la nature du poison.

— L'heure de la mort ? demanda Le Garec.

— Vingt-quatre heures environ, dit le toubib. On a dû servir hier midi un plat très spécial à cette femme. Etant donné qu'elle s'est trouvée dans l'impossibilité de le digérer, il va être facile d'en faire une analyse très précise.

— Les égratignures aux épaules et dans le dos ? s'enquit Thobie.

— Le corps mis à nu a dû être tiré et traîné sur une surface dure, et cela sur plusieurs mètres.

— Des questions, des suggestions, des réflexions ? demanda le commissaire Le Garec, s'adressant à tous.

Chacun fit signe que non. Une ambulance était arrivée quelques minutes plus tôt. On y chargea le corps.

— Allez ! On redescend tous à Vannes, dit Le Garec.

L'inspecteur Thobie s'approcha du commissaire.

— Si vous n'y voyez pas d'inconvénient, lui dit-il, j'aimerais bien rester fouiner un moment dans le secteur.

— Thobie ! Vous avez une idée derrière la tête.

— Non, répondit l'inspecteur. J'ai simplement envie de jouer au cocker breton qui parcourt la lande des alentours en laissant traîner ses grandes oreilles un peu partout et en levant la patte de temps en temps pour marquer son territoire de chasse.

— Pas de problème, Thobie ! Chasse accordée. Gardez la voiture. Je vais redescendre à Vannes avec les gars de l'identité judiciaire. Vous me passez un coup de fil chez moi ce soir si c'est nécessaire.

— Manquerai pas, commissaire ! Oh ! les gars de l'identité, ajouta Thobie en s'adressant aux deux hommes qui rangeaient leur mallette dans le coffre de la voiture, donnez-moi donc trois ou quatre sacs plastiques. Au cours de la promenade, on sait jamais, si je ramassais des indices palpables ?

— Comme des champignons, par exemple ! dit Le Garec en riant.

— Par exemple. Dans les bois aux alentours, il doit bien en rester quelques-uns.

L'inspecteur Thobie laissa partir l'ambulance, le toubib, la police. Cinq minutes plus tard il se mit au volant de la voiture laissée à sa disposition et partit à son tour. Il traversa le bourg de Languidic, parcourut deux ou trois kilomètres et fit demi-tour à un carrefour. Il revint tranquillement vers le moulin d'Organ en prenant un petit chemin qu'il avait remarqué une heure plus tôt.

Laissant sa voiture derrière un buisson d'ajoncs, à 200 mètres du moulin, il s'aventura à pied à travers la lande, en essayant de ne pas se faire remarquer au cas où les curieux du matin décideraient de revenir. Peu probable : c'était l'heure du déjeuner. En général, la Toussaint se passe en famille et on gueuletonne en mémoire des morts.

Il arriva ainsi discrètement derrière l'auberge, sous un appentis, et observa les environs. Il n'y avait personne en vue.

Sur le mur se trouvait une échelle, suspendue à deux patères. Thobie sortit de sa poche un double mètre. Un jour, le commissaire Le Garec lui avait demandé pourquoi il se baladait toujours avec ce genre d'accessoire. Et Thobie avait répondu le plus benoîtement du monde qu'un double mètre est souvent très utile pour mesurer la connerie de certaines gens, et que même, parfois, c'était insuffisant. Le Garec, pris de court, n'avait pas su quoi répondre. D'ailleurs y avait-il une réponse ?

Thobie mesura la longueur de l'échelle : 3,50 m. Le matin, il avait mesuré la hauteur du dolmen : 2,15 m.

— Ça colle, dit-il.

Sous l'appentis, il y avait aussi une pile de planches de sensiblement même longueur que l'échelle. Des planches sans doute prévues pour faire des travaux ou des réparations dans le moulin ou dans l'auberge.

— Ça aussi, ça colle, dit Thobie.

Il se mit alors à examiner minutieusement la planche du dessus. De petites taches brunes très nettes apparaissaient, de légères traînées de sang, à n'en pas douter, et qui devaient correspondre aux éraflures du dos de la femme rousse.

Il sortit de sa poche son canif – autre instrument dont il ne se séparait jamais – et préleva quatre ou cinq échantillons de bois significatifs qu'il glissa dans l'un des sacs plastiques qu'il avait demandés une heure plus tôt aux collègues de l'identité.

Ce qui turlupinait l'inspecteur depuis son arrivée sur les lieux, le matin, c'était de savoir comment le cadavre avait été installé là-haut, sur le dolmen.

Il avait laissé dire les uns et les autres. Tous semblaient d'accord sur le fait que plusieurs personnes avaient été nécessaires, au moins deux, sinon quatre.

Thobie, lui, pensait différemment. Pour lui, l'auteur du crime était probablement seul. Il s'était livré à cette mise en scène pour éloigner les soupçons, pour lancer la police sur la piste d'adeptes d'une secte mystérieuse, sur un groupe d'illuminés désirant revenir à la pratique de coutumes barbares d'un temps à jamais révolu.

Il était persuadé que ces sacrifices humains qui, à n'en pas douter, avaient eu lieu dans les temps très anciens, gaulois, celtiques, autour des menhirs, sur la table des dolmens, n'avaient plus aucune chance de faire recette aujourd'hui.

Il supposait que l'auteur du crime avait tout simplement pris l'échelle sous l'appentis – 3,50 m pour 2,15 m, l'inclinaison était très convenable. Il avait mis une planche sur les barreaux de l'échelle. Il avait passé une corde sous les bras de la morte, puis jeté l'autre extrémité de la corde par-dessus le dolmen. Il en avait fait le tour et avait tiré. La morte était montée toute seule là-haut. La femme était mince, svelte.

Une cinquantaine de kilos. L'effort demandé n'était pas bien grand. Une fois la victime arrivée sur la dalle, l'auteur du crime était revenu à l'échelle, avait enlevé la planche, était monté sur le dolmen, avait détaché la femme, l'avait orientée vers les trois menhirs, la face tournée vers le ciel. Et il était redescendu, rangeant planche, échelle et corde.

Une manœuvre calculée, inspirée, qui avait demandé tout au plus cinq minutes, sans aucune fatigue. Astucieux !

— C'est ainsi que cela a dû se passer, dit Thobie. La corde, l'échelle, ça colle. Il y a des traces de sang sur la planche. Manque la corde.

Un tour d'horizon sur le paysage des alentours donna à Thobie l'assurance qu'il pouvait continuer ses investigations en toute quiétude. Pas de curieux en vue. La femme rousse et nue était partie. Le coin, semble-t-il, n'excitait plus personne. Il fit donc le tour de l'auberge du Meunier. Les deux portes étaient fermées, verrouillées, et par des serrures d'il y a des dizaines et des dizaines d'années, qui s'ouvraient avec de grosses clés à gorges, avec pannetons ouvragés, pas comme les serrures à barillets d'aujourd'hui, de petites goupilles montées sur de petits ressorts qui ne résistent pas à la pointe d'une lime à ongles, pourvu qu'on s'entraîne un tant soit peu.

Thobie, déçu, se dirigea vers le moulin. Là, c'était une grosse chaîne avec un cadenas de dimensions assez remarquables. Devant cet interdit respectable, Thobie était sur le point de rebrousser chemin, quand il examina le cadenas de plus près. Quelque chose n'allait pas.

— Était saoul, ou bigleux, ou nerveux, ou pressé, le gars qui a mis le cadenas, dit Thobie, à haute voix. Cet imbécile a passé l'arceau du cadenas deux fois dans les mêmes maillons...

n'a rien fermé du tout...

Il fit coulisser la chaîne... n'avait plus qu'à pousser la porte... était chez lui, le Thobie... heureux, content de l'aubaine, allait visiter un vieux moulin à vent breton. Ça ne lui était encore jamais arrivé. Il avait déjà visité de vieux moulins à eau, le long des rivières, notamment lors de sa dernière enquête[1], mais pas de moulins à vent. Ça manquait à son instruction et surtout à sa curiosité, laquelle n'avait absolument aucune limite au cours d'une affaire criminelle.

Thobie entra donc, tira la porte du moulin derrière lui. Inutile qu'un quidam de passage se prenne à imaginer qu'un nouveau meunier allait venir s'installer à Organ, allait remettre les ailes du moulin et moudre du blé noir pour les galettes. Tout à fait inutile.

La porte fermée, il jeta un coup d'œil autour de lui. L'escalier étroit, raide, et en colimaçon l'impressionnait bigrement, et même, pour être honnête, péniblement. Monter là-haut, et en tournant...

Poursuivant son examen, et se retournant du côté opposé, il ne put s'empêcher de s'exclamer :

— Eh bien ! mais voilà ce qui manquait pour ma démonstration !

Une corde enroulée en grandes boucles inégales était suspendue à un piton. Celui qui l'avait rangée ainsi n'était vraiment pas méticuleux. Pressé, très pressé, peut-être ? C'était une grosse corde, et de belle longueur. Thobie pensa que jadis elle devait servir à monter, aux étages des meules, les sacs de blé, d'orge ou de blé noir. D'ailleurs, en levant la tête, il apercevait plusieurs poulies.

1. Voir *Les Noyés de l'Arz.*

Courageusement il s'aventura dans l'escalier. Ce n'était plus pour le besoin de son enquête. C'est du moins ce qu'il pensait, puisqu'il avait trouvé ce qu'il cherchait : la corde. Non ! ce n'était plus que simple curiosité touristique.

Thobie visita tout, à pas lents, et ce jusqu'au sommet du moulin, faisant des haltes et essayant de se mettre dans le peau du meunier qui vivait là autrefois, quotidiennement : les meules qui tournaient... le grain... la farine..., et de temps à autre jetant un coup d'œil, par les étroites fenêtres, sur le paysage breton qui s'étalait loin, très loin, sur des immensités de bois, de landes, de petits villages aux maisons groupées autour du clocher, et enfin, tout au fond, l'Océan. Et il comprenait mieux ce passage de *L'Héritage des Celtes* de Yann Brékilien :

« Les gens du pays aimaient se réunir au moulin pour entendre les histoires dont le sac du meunier était plein. L'homme au bonnet enfariné était la gazette qui diffusait les potins de la paroisse, mais il connaissait aussi d'innombrables contes dont il avait fignolé dans sa tête les savoureux détails pendant les heures d'oisiveté où il n'avait qu'à écouter tourner ses meules. »

Les soirées, en bas tout à côté, à l'auberge du Meunier, où venaient faire halte rouliers assurant avec charrettes et chevaux les charrois de marchandises à travers toute la région, camelots de toutes sortes, charbonniers éparpillés sous les bois des alentours et abandonnant pour un moment leurs meules fumantes d'où sortirait dans quelques jours un beau charbon de bois... non, les soirées ne devaient pas être tristes autour du moulin d'Organ et à l'auberge du Meunier en compagnie de ces gens.

Thobie à une fenêtre admirait le paysage... le Blavet sinueux qui coule tout en bas dans la vallée... la chapelle Saint-Nicodème à droite... la chapelle Saint-Fiacre à gauche, presque face à face, en concurrence de sainteté.

Thobie imaginait ces temps anciens, et finalement pas si lointains, où il n'y avait ni radio, ni télévision dans les maisons. Au fond de la campagne bretonne, tous ceux qui ont aujourd'hui 70 ans et plus ont connu ces temps-là. Au moulin et à l'auberge, il n'y avait pas d'électricité. Le soir tombé, la nuit venue, c'était la bougie et surtout la lampe à pétrole. Et certaines de ces lampes étaient belles, fignolées, ciselées, du beau travail d'artisan. Bien sûr, de temps en temps au cours de la soirée, il fallait soulever le globe de verre et "moucher la mèche" qui commençait à fumer. Eh oui ! Et c'était le bon temps ! Tous ces gens d'alors, qu'ils soient du pays ou de passage, restaient longtemps le soir, l'hiver, autour d'un bon feu de bûches dans la cheminée, à se raconter des histoires vraies, moins vraies, contes, légendes, mélangés avec faits du jour, de la semaine, du mois, tout un pot-pourri improvisé et non dénué d'assaisonnement, de poivre, de sel, d'épices, de piments... À l'auberge du Meunier, qu'elles ne devaient pas manquer, dans la bouche de tous ces hommes, les histoires salaces !

À l'étage des meules, Thobie s'arrêta devant une petite lucarne.

— Tiens ! dit-il, mais il y a une maison toute proche du moulin. Comment se fait-il que je ne l'aie pas vue d'en bas ?

De la lucarne il n'apercevait qu'un toit d'ardoise et des cheminées, une sur chaque pignon, comme c'est la coutume dans le pays.

— Oui, je comprends, dit Thobie, cet épais

rideau de sapins serrés les uns contre les autres bouche complètement la vue de ce côté-là.

À partir du moulin, il y avait une espèce de sentier qui partait dans cette direction.

— Tout à l'heure, j'irai y faire un tour. Les gens de cette maison ont peut-être vu quelque chose. Elle n'est pas venue toute seule sur son dolmen, la rouquine... n'a pu passer totalement inaperçue...

Mais pour l'instant, Thobie commençait à ressentir des crampes à l'estomac. Il était plus de 15 heures et il n'avait rien avalé depuis son café-crème du matin... un peu lointain... et chaque marche à descendre lui rappelait cette dure réalité.

Il arrivait un moment où, le ventre creux, Thobie devenait totalement inopérant. Il voyait. Il écoutait. Il entendait. Il avait des idées. Mais il était dans l'impossibilité d'avoir des raisonnements lucides, cohérents. Pour son état d'officier de police judiciaire enquêtant sur un crime, c'était fâcheux. Une fois pour toutes il en avait conclu que, chez lui, c'était le ventre qui gouvernait le cerveau. Y avait-il du mal à ça ?

L'escalier descendu – il avait été jusqu'à oublier de compter les marches –, donc arrivé à la porte du moulin, prudent, Thobie jeta un coup d'œil dehors. Personne. Il sortit, remit la chaîne en l'enroulant comme il l'avait trouvée, avec son gros cadenas consciencieusement fermé à clé, mais totalement inutile.

Par la lande il rejoignit sa voiture et se rendit au bourg de Languidic.

Arrivé au centre du village, Thobie stationna au fond de l'unique place, face au monument aux morts. Des potées de chrysanthèmes rouges et or avaient dû être déposées le matin même tant elles paraissaient fraîches.

Thobie jeta un regard circulaire autour de lui et se dit que ce petit bourg perdu au milieu du Morbihan était comme un petit Locronan. Une église en beau granit, avec un clocher élancé, très élancé, fin, ajouré comme les coiffes bretonnes d'antan, une belle dentelle de pierre. Un calvaire à trois croix, avec sur son socle une douzaine de scènes bibliques sculptées, des scènes chrétiennes certes, mais où les artistes bretons, qui avaient conservé au fond d'eux-mêmes un vieux reste paillard, avaient de-ci de-là semé, comme par hasard, quelques détails païens. Par exemple un saint qui lève une jambe un peu trop haut face à une sainte qu'il invite à danser, un calvaire breton, quoi !... un peu celte, un peu gaulois, un peu chrétien.

La place était rectangulaire, dallée de pavés séculaires, les maisons bien alignées, serrées les unes contre les autres. Autrefois certaines d'entre elles avaient dû être boutiques. Les devantures étaient aujourd'hui habillées de rideaux... maisons particulières.

À droite de la place, par bonheur, il y avait une enseigne qui s'étalait sur plusieurs mètres de long, *Chez Jules, Bar-Tabac-Journaux-Épicerie.* Et il y avait de la lumière “Chez Jules”.

Thobie regarda l'église et remercia le seigneur de ne l'avoir point abandonné. Il allait pouvoir boire... et peut-être même manger. Il poussa la porte de Jules.

— Bonjour ! dit Thobie en s'approchant du comptoir du bar.

— Bonjour monsieur ! répondit le patron, Jules. Qu'est-ce que ce sera pour vous ?

— Vous ne savez pas où, dans le coin, je pourrais trouver un sandwich ? Je n'ai pas eu le temps de déjeuner ce midi, et j'ai l'estomac qui commence à avoir des crampes.

— Vous êtes venu pour le dolmen ? demanda Jules.

— Oui.

— Journaliste ?

— Oh non !

— De la police ?

— Inspecteur Thobie, de la Criminelle, avoua Thobie.

— Bon ! Eh bien, inspecteur, on va essayer d'arranger ça. Un estomac mécontent, c'est comme une bonne femme en colère, ça devient vite insupportable. Au fond de la salle, de l'autre côté de la cloison, il y a une épicerie. Elle est fermée cet après-midi, mais je vais y jeter un œil, doit bien y rester un bout de pain et des tranches de cochonnaille. Jambon ? Pâté ? Saucisson ?

— Égal ! dit Thobie.

— Pas difficile, comme client !

— Pas trop, non...

Jules passa côté épicerie et revint une minute plus tard avec la moitié d'une baguette de pain, plusieurs tranches de saucisson, deux de jambon, et une terrine de pâté... assiette, couteau, fourchette. Il posa le tout sur une petite table.

— Le sandwich de Monsieur est servi ! dit-il, jovial.

— Merci, dit l'inspecteur Thobie en riant, j'ai comme l'impression que dans le pays on n'est pas près de mourir de faim.

— Ici, à Languidic, dit Jules, j'ai encore jamais rencontré un seul imbécile capable de faire grève de la faim plus d'une demi-journée. Alors forcément, on est obligé de faire des provisions... Faut prévoir...

Thobie était venu s'asseoir devant la petite table.

— Une bière avec ça ? lança Jules.

— Une bière ? Pourquoi une bière ? demanda Thobie, étonné.

— À la télé les policiers se font toujours monter de la bière. Je pensais que c'était une tradition dans la profession. Bière, sandwich, et une bonne pipe par-dessus !

— À la télé, répondit Thobie, déjà en train de se confectionner avec grande application un respectable sandwich, à la télé on vous montre sans doute des policiers belges, buveurs de bière, mangeurs de frites, enquêtant sur des crimes bidon et payés pour passer les menottes au coupable au bout d'une heure et demie, deux heures tout au plus... Du cinéma ! Moi, je suis inspecteur de police breton, j'enquête sur de vrais crimes bretons, et en mangeant breton je ne bois jamais de bière. C'est blanc pour le poisson, c'est rouge pour tout le reste, c'est jamais rosé, parce que le rosé, c'est un trucage blanc-rouge, juste pour faire joli dans le verre.

L'inspecteur Thobie, côté gastronomie, avait des principes très arrêtés.

— Compris, inspecteur ! je vous sers une fillette de rouge.

— Ça me paraît la bonne dose, dit Thobie, pour le sandwich géant qui va me caler l'estomac jusqu'à ce soir. Et dire que ce matin, lorsque je suis parti de chez moi, ma femme préparait un lapin à la moutarde entouré de pruneaux... J'espère qu'elle n'aura pas tout mangé ce midi !...

Au fond de la salle, il y eut un consommateur qui laissa échapper un petit rire d'une sonorité cristalline. Quant à Jules, par politesse, il faisait silence, laissant son honorable client manger à sa faim et en paix. Mais lorsque Thobie repoussa son assiette, le reste de pain, de pâté, de rondelles de saucisson – le jambon ayant disparu –, Jules estima que le temps était venu pour la curiosité, et il demanda :

— Inspecteur ! Vous avez réussi à recueillir quelques indices ?

— Quelques-uns, répondit Thobie... quelques-uns... J'ai surtout noté des petits détails... Les petites choses mises bout à bout, ça finit toujours par mener quelque part, chez quelqu'un.

— Violée ? demanda Jules.

— Je ne crois pas, répondit Thobie. Elle semble n'avoir subi aucune violence. Ce n'est pas un crime de ce genre.

— Ils devaient quand même être plusieurs pour monter le cadavre et l'exposer là-haut ? Le dolmen fait bien trois mètres de hauteur ?

— 2,15 m exactement, dit Thobie. Je pense qu'une seule personne pouvait suffire à mener à bien l'opération... sans se fatiguer le moins du monde... suffisait d'être un peu astucieux. Pas besoin d'être très fort... une femme aurait pu faire la manœuvre... celle-ci a probablement duré trois ou quatre minutes, guère plus. Seulement, voyez-vous – et l'inspecteur disait tout cela avec intention – pour des manœuvres délicates, comme monter un cadavre sur un dolmen, un cadavre qu'on a gardé chez soi pendant une bonne demi-journée, et dont on a une grosse envie de se débarrasser au plus vite, faut prendre certaines précautions. Et là, elles n'ont pas toutes été prises. La précipitation, c'est le grand défaut des criminels. Ils tuent quelquefois, souvent même, sur un coup de tête, de colère, et après ils sont bien embêtés avec le corps. Comment s'en débarrasser ? Les uns, assez rares, ont une certaine imagination, comme ici.

Et l'inspecteur Thobie ferma la parenthèse.

Dans la salle, il y avait une demi-douzaine

de clients qui avaient fait silence et buvaient littéralement les paroles du policier. Et Thobie le savait. Et Thobie savait aussi parfaitement pourquoi il disait tout ça. Ce n'était pas par vantardise.

N'avait-il pas dit, le matin, au commissaire Le Garec qu'il allait faire le cocker breton, fouiner, renifler l'air, lever la patte... marquer son territoire. C'est ce qu'il était en train de faire. Il chassait. À son avis, il fallait mettre la pression sur les habitants du pays pour provoquer des réactions. Ses moindres paroles seraient colportées, sans doute souvent déformées, mais cela n'avait guère d'importance. Il fallait affoler le coupable, pour l'amener à commettre des sottises.

— Vous croyez que c'est un gars du pays qui a fait le coup ? demanda Jules.

— Ça se pourrait bien, répondit Thobie, en faisant faire cul sec à la fillette[1] dans son verre. En tout cas, c'est quelqu'un qui connaît parfaitement bien le coin... comme sa poche... vraiment comme le fond de sa poche.

— Et la femme rousse, vous avez une idée ?

— Une idée ? Non. Vous savez, quand on vous met à poil, et qu'on vous coupe la parole, vous ne risquez pas de décliner vos nom, prénoms, âge, adresse, numéro de Sécu... et la personne à prévenir en cas d'accident.

Il y eut un rire dans la salle.

— En tout cas, reprit Thobie, c'est, enfin c'était, une belle femme, très belle, très soignée, une femme de la ville presque à coup sûr et qui devait fréquenter les instituts de beauté. Il y a des détails qui parlent d'eux-mêmes. Quel

1. Côté lecteurs, pas d'affolement. En Bretagne on appelle "fillette" une bouteille de 33 cl... Que l'inspecteur Thobie ait fait faire cul sec à sa fillette de rouge n'avait donc rien de scandaleux.

gâchis ! Oh rassurez-vous ! On trouvera, ajouta-t-il après un silence, on trouvera. L'année dernière, le gars assassiné qui se baladait tout seul, et tout nu, dans un bateau entre Belle-Île et Quiberon, on a bien fini par savoir qui il était, et ce qui lui était arrivé. Il est vrai que lui portait, gravés pleine peau, des tatouages significatifs, quasi historiques.

— Vous voulez parler du lieutenant SS de la Korrigane[1] ? dit Jules.

— Oui, répondit Thobie... On finit toujours par démasquer le coupable... suffit d'être patient, méticuleux, et même par moment de devenir emmerdant, insupportable jusqu'à se faire foutre à la porte tellement on devient curieux. Bon, assez parlé ! Combien je vous dois, patron ? Ça m'a fait du bien, votre casse-croûte. Maintenant je vais avoir les idées plus claires pour continuer à renifler la bonne trace.

Thobie paya une note fort discrète, en se disant que si Jules ne vendait des sandwichs de cette taille que ce prix-là, il ne cherchait vraiment pas à faire fortune. Il comprit que Jules l'avait "à la bonne" et qu'il ne l'avait fait payer que pour le principe. En somme, Jules ne demandait qu'à faire équipe. *Intéressant,* pensa Thobie. Alors, avant de partir, il donna une franche poignée de main à Jules, avec un Merci ! droit dans les yeux, et qui n'était pas de simple politesse.

— À tout hasard, je vous laisse ma carte, dit Thobie. Des fois que le coupable viendrait boire un coup et se dénoncerait, pris d'un remords soudain.

L'inspecteur allait passer la porte du bistrot quand il se ravisa.

— Au fait ! Vous connaissez l'adresse du propriétaire du moulin et de l'auberge du

1. Voir *Le Rendez-vous de la Korrigane.*

Meunier ? car je suppose qu'il a un autre domicile...

— Il habite Vannes, dit Jules. C'est Yves Dréno, un brave, originaire du pays. Il habite l'avenue en face du port. Numéro ? Alors là, vous m'en demandez trop.

— Pas de problème ! dit Thobie qui avait noté le nom sur son carnet.

— Vous croyez qu'il pourrait être dans le coup ? dit Jules.

— Oh non ! répondit Thobie. Oh non ! Je ne connais pas ce Dréno, mais il faudrait être complètement fou pour installer devant sa porte sur un catafalque le cadavre d'une femme qu'on viendrait de tuer. Complètement fou ! Non, je désire le voir parce que le meurtrier lui a emprunté du matériel de levage. Et cet imbécile a laissé des traces dessus.

Et là, Thobie enfonçait le clou. Il était redevenu le cocker qui fouine partout, qui découvre certaines choses et qui fait Ouah ! Ouah ! et, en l'occurrence, c'était du Ouah ! Ouah ! qui laissait perplexes Jules et les clients de Jules...

Thobie sortit du bar-tabac-journaux-épicerie avec un certain sourire aux lèvres. Content de lui.

Le porte refermée derrière lui, les langues se délièrent dans le bistrot de Jules. La demi-douzaine de consommateurs qui avaient fait silence se rattrapaient en bavardages animés.

— Eh bien ! cet inspecteur de police me paraît drôlement futé, dit l'un d'eux. Tu as entendu, Jules, sa réponse sur la hauteur du dolmen ? 2,15 m très exactement. Tu te rends compte, Jules, il a mesuré. Il doit pas y avoir beaucoup de choses qui lui échappent, à celui-là.

— J'aimerais pas être dans la peau de l'assassin, dit Jules. J'ai comme l'impression que cet inspecteur Thobie a commencé une drôle de traque. En tout cas, pour un gars sympa, c'est un gars sympa...

— Ah ça ! pas fier pour un sou, dit le consommateur en vidant son verre de faux chouchenn – un vrai Breton, quoi ! Bon vivant, têtu et pas buveur d'eau...

L'inspecteur se dirigea vers sa voiture en admirant une fois encore cette vieille place, authentiquement bretonne, restée telle qu'elle avait été façonnée, il y a plusieurs siècles, par des gens de caractère.

Thobie revint au moulin d'Organ. Il s'arrêta devant l'auberge du Meunier. Puis, les deux mains dans les poches, et en sifflotant, il s'engagea sur le petit sentier qui allait zigzaguant à travers le bois, direction la maison dont il avait aperçu les cheminées et le toit d'une lucarne du moulin. Au fond du petit bois, un rideau de sapins faisait barrage et bouchait la vue. C'était probablement des cyprès de Leyland, sept à huit mètres de hauteur, serrés les uns contre les autres et branches basses traînant jusqu'à terre. Un coupe-vent efficace pour abriter la maison des vents du nord. En bout de file de cette haute haie, à quelques mètres de la falaise abrupte qui tombait jusqu'au Blavet, il y avait un passage.

Et Thobie se trouva, presque aussitôt, devant une maison basse, pas différente de toutes celles de ce pays perdu au centre du Morbihan. Maisons de pierre, toit d'ardoise ; portes, fenêtres, volets le plus souvent peints en bleu.

Une petite route sinueuse partait de la maison et devait rejoindre, quelque part, la départementale qui monte à Languidic.

Thobie s'approcha, frappa à la porte. Un chien, à l'intérieur, lui répondit avec force aboiements : « Défense d'entrer ! Je monte la garde. » Les maîtres étaient absents. Après-midi de Toussaint. En famille ou en procession dans les cimetières, avec pots de chrysanthèmes dans les bras. Thobie, lui aussi, était en promenade, mais de travail, même s'il se baladait les deux mains dans les poches. Il s'avança vers le jardin, entretenu avec soin. À l'entrée, des parterres de dahlias, et ensuite un beau potager, tout en longueur, aux allées tracées au cordeau, des carrés de poireaux, de choux, de salades.

Thobie fit demi-tour.

— Un coup pour rien, chou blanc ! dit-il à mi-voix. De toute façon, avec ce rideau de cyprès qui cache complètement moulin, auberge, dolmen et menhirs, il y a vraiment peu de chances pour que les habitants de la maison aient pu voir la scène de la nuit.

La femme rousse n'avait pas été installée sur son autel en plein jour. Cela s'était passé la nuit, et probablement aux heures les plus profondes, de une à trois heures du matin. Sur son petit carnet, Thobie avait pris soin de relever le nom écrit sur la boîte aux lettres : Mme Odette Le Rouzic.

Il arrivait au rideau de cyprès, quand il entendit du bruit derrière lui. Le chien reprenait ses aboiements. Une femme à vélo mettait pied à terre. Thobie rebroussa chemin.

— C'est moi que vous vouliez voir ? demanda, d'une voix forte, la femme lorsque l'inspecteur fut revenu à une dizaine de mètres de la maison.

— Oui ! répondit Thobie. Oh ! ce n'était pas très important. Je m'en allais. Je suis inspecteur de police et j'enquête depuis ce matin dans le pays… la routine… mais jusqu'ici personne n'a vu ce qui s'est passé cette nuit du côté du dolmen. Vous êtes la plus proche habitante de l'endroit, mais avec ce grand rideau d'arbres, c'est peu probable que vous ayez vu ou entendu quelque chose.

— Surtout une nuit de 31 octobre... une nuit de Samain, répondit la femme en posant son vélo contre le mur de sa maison, près de l'entrée... une nuit où s'ouvrent et communiquent les deux mondes, celui des morts et celui des vivants. C'est des nuits à se barricader chez soi, inspecteur, surtout quand on vit seule, comme moi.

— Je vois que vous connaissez les vieilles légendes, dit Thobie.

— Les vieilles légendes ! Pas si vieilles que ça ! répliqua la femme... les vieilles légendes celtes et gauloises. La preuve ! les sacrifices humains, ça existe encore de nos jours. D'ailleurs, dans le pays, tout le monde en parle, aujourd'hui, et certains qui avaient oublié recommencent à y croire. Enfin, c'est pas une femme du bourg, ni de la commune. Ça, on le saurait.

Thobie connaissait ces vieilles légendes bretonnes. Certaines n'allaient-elles pas jusqu'à dire que lorsque quelqu'un mourait cette nuit du 31 octobre au 1er novembre, c'est un mort qui revenait vivre sur terre ? Ça donne froid dans le dos. Mais l'inspecteur Thobie se disait aussi que la femme rousse n'était pas morte la fameuse nuit celtique de Samain. Selon le médecin légiste, elle était morte douze heures auparavant et probablement au cours d'un déjeuner où elle n'était pas seule.

— Vous êtes veuve ? demanda Thobie.

— Oui, mon bon monsieur, et depuis vingt-cinq ans, répondit la femme. Et c'est pas drôle tous les jours, isolée comme je suis. Le jour ça va, mais c'est quand vient la nuit. C'est long, surtout l'hiver.

— Oui, je vous comprends, dit Thobie. En tout cas, vous avez vraiment un très beau jardin. C'est vous qui le faites ?

— C'est moi, et toute seule.

— Félicitations, madame !... Le Rouzic, je crois ?

— Oui, c'est ça.

— Dites, madame Le Rouzic, tout à l'heure je remarquais le long de la petite route, sur la banquette, presque en face de votre jardin, une demi-douzaine de belles taupinières. Elles ne passent jamais chez vous ?

— Ça arrive ! dit Mme Le Rouzic. Ça arrive !... un peu moins à cette saison, c'est surtout au printemps. Je mets vite le holà ! Un de ces jours, faites-moi confiance, je vais m'occuper de la nouvelle troupe qui arrive.

— Comment vous y prenez-vous ? Pièges ou poison ?

La question de Thobie n'était pas aussi innocente qu'elle voulait bien le paraître.

— Ni l'un, ni l'autre, répondit la femme. J'ai mon truc. Je dégage bien une galerie. Je casse une bouteille et j'enfile les morceaux de verre. Je referme et je tasse bien la terre. Au bout d'une heure ou deux, v'là la taupe qui se fâche et qui se remet à travailler de plus belle. Et dame ! elle se coupe le museau ou les pattes, et, comme elle est hémophile, elle meurt tout doucement, au bout de son sang.

— C'est bon à savoir ! dit Thobie. Et dans le pays les gens font comme vous ?

— Pas beaucoup ! répondit Mme Le Rouzic. Enfin, je crois pas. La plupart, à ce que je sais, les empoisonnent. J'aime pas ça. Et puis c'est compliqué. Il faut chercher des vers de terre, des lombrics, bien les laver, les mettre dans un bocal et les porter au pharmacien qui les trempe dans un poison, de la Taupicine que ça s'appelle. Ensuite il faut enfiler les vers dans les galeries avec des gants. Il paraît que c'est un poison violent. La vente de la Taupicine est interdite. Il n'y a que le pharmacien qui en a, et encore pas tout le temps. Autrefois, il y a longtemps, un taupier passait deux fois par an, au printemps et à l'automne, et il faisait ça. Maintenant plus personne. Tiens ! mon bon monsieur, v'là un métier que pourrait reprendre un jeune : taupier.

— Et pourquoi pas ? répondit Thobie qui avait laissé parler la femme. Pourquoi pas, taupier ? Un métier de plein air... l'ANPE devrait y penser !

Thobie avait enregistré l'information concernant la Taupicine. Ça devait être le nom vulgaire de la strychnine, un poison extrêmement violent qui doit tuer un peu de la même manière que le "poisson-globe" japonais. Une tétanisation rapide de tous les organes moteurs. Et les gens du pays l'employaient, indirectement, mais l'employaient.

Et la femme rousse du dolmen était morte empoisonnée...

N'avait peut-être pas perdu son temps, le Thobie, en franchissant le rideau brise-vent de cyprès qui cachait cette maison isolée. C'est en tout cas ce qu'il pensait en revenant à sa voiture après avoir pris congé de Mme Odette Le Rouzic.

Arrivé à l'auberge du Meunier, Thobie jugea qu'il était temps de redescendre à Vannes, auprès de sa femme... et de s'installer devant un lapin à la moutarde, et aux pruneaux d'Agen.

Au volant de sa voiture, traversant la campagne bretonne qui avait revêtu sa parure automnale, Thobie s'interrogeait. Qu'allait-il boire pour arroser de parfum son lapin de garenne ? Avait encore le temps d'y penser, mais c'était important. Descendrait à la cave, verrait bien... un rouge un peu corsé... peut-être bien un madiran de cinq à six ans d'âge. Cet après-midi, sur la fillette de rouge de Jules, il n'y avait trop rien à dire, mais ce n'était qu'un brave rouge de bistrot... un vin pour sandwich, pas pour lapin de garenne braconné dans la lande bretonne, assaisonné de moutarde à l'ancienne et entouré de pruneaux d'Agen.

Mardi 2 novembre, jour des Morts

Chapitre II

L'inspecteur Thobie n'avait pas jugé bon, la veille au soir, de téléphoner à son chef, le commissaire Le Garec. Les renseignements, ou plutôt les détails, qu'il avait glanés autour du moulin et de l'auberge du Meunier, du dolmen, des menhirs et chez Odette Le Rouzic pouvaient attendre le rapport du lendemain matin.

Il arriva donc, comme d'ordinaire, à 8 h 30 à l'hôtel de police, bureaux de la PJ.

Le commissaire Le Garec l'attendait et l'accueillit par ces mots :

— Alors, inspecteur Thobie, avez-vous trouvé des champignons dans les bois et les landes, en vous promenant là-haut ?

— J'en ai bien aperçu trois ou quatre, commissaire, mais ils étaient tellement petits et dévorés par les limaces que ça ne valait pas la peine de se baisser pour les ramasser.

— Et à part ça, Thobie ?

— Commissaire, à part ça, je n'ai pas réussi à savoir quand, comment et par quel moyen exact, la belle rousse est arrivée face au moulin d'Organ. Là, il y a mystère. Personne ne l'a vue. Incroyable, non ? À mon avis, commissaire, on nous cache quelque chose. Mais, en revanche, je sais comment elle est montée s'étendre gentiment sur le dolmen... enfin comment on l'a montée. Probablement, presque certainement même, ç'a été le travail d'une seule personne, donc du criminel lui-même.

— Une seule personne ! s'exclama Le Garec. Mais comment s'y est-elle prise ?

— Je vais vous expliquer, commissaire.

Thobie sortit de sa poche le sac plastique contenant les petits morceaux de bois tachés de sang qu'il avait prélevés sur la planche stockée sous l'appentis derrière l'auberge, la planche sur le dessus de la pile. Il raconta ensuite comment, à son avis, le criminel avait exécuté la manœuvre : l'échelle, la planche, la corde.

— Thobie, si les choses se sont passées ainsi, on a affaire à quelqu'un de sacrément astucieux.

— Et ce quelqu'un est un individu qui connaît aussi parfaitement un certain nombre de légendes celtes, répondit Thobie. En tout cas, il est réconfortant de savoir que l'âme de la femme a été emmenée directement au ciel, puisque personne dans le pays de Languidic n'a entendu passer la charrette de la Mort, la nuit de Toussaint.

— Thobie ! Qu'est-ce que c'est encore, cette fable ? Une de vos histoires macabres, je suppose ? Hier vous avez été au bistrot du pays, comme de bien entendu, et les petits verres de muscadet se succédant, et vous-même offrant, comme de juste, généreusement la tournée aux consommateurs, je suppose que vous avez enregistré un certain nombre de propos, disons “avinés” pour faire dans la modestie.

— Oh, commissaire ! là je vous prends en flagrant délit de médisance. Oui, j'avoue être allé chez Jules, le bistrot sur la place de Languidic... parce que moi, commissaire, je ne suis pas revenu déjeuner à la maison avec bobonne, comme certains. Alors vers les quatre heures de l'après-midi, j'avais des crampes d'estomac qui m'empêchaient de continuer à penser sainement. Donc Jules, là-haut au bistrot, a eu pitié de moi, et a eu la générosité de me faire un de ces sandwichs au saucisson à l'ail, au jambon, au pâté de lièvre, etc., que j'ai arrosé avec une fillette de rouge.

— Oui, je vois très bien, la miche de pain, le saucisson, le pâté et la fillette, le cul posé devant vous sur la table, Thobie, je vois très bien le tableau campagnard. Et alors, cette charrette de la Mort, la nuit de la Toussaint ?

— Dans le pays de là-haut, raconta Thobie, ils sont restés très traditionalistes, ils croient encore à certaines légendes venues du fond des temps. Ainsi, quand il y a un mort, la nuit suivante la charrette de la Mort passe chercher son âme. Selon que l'âme du défunt ou de la défunte va à Dieu ou au diable, la charrette n'a pas le même attelage. Pour Dieu elle est tirée par six chevaux fringants, non ferrés pour ne faire aucun bruit, galopant le long des routes ou à travers champs, à la vitesse du vent. Pour le diable, c'est un attelage de douze cochons qui s'en vont en grognant, couinant, se vautrant dans les ornières des chemins creux. Pour la femme rousse, personne n'a entendu passer la charrette durant la nuit de la Toussaint. Donc l'Ankou[1] conduisait un attelage de six chevaux et emmenait l'âme au ciel. Si l'âme avait été destinée au diable, dans le pays il y aurait bien eu deux ou trois personnes réveillées en sursaut par la douzaine de cochons passant bruyamment devant leur porte, fouettés par l'Ankou en grande colère.

— Inspecteur Thobie ! vous pensez vraiment que c'est avec des histoires de ce genre qu'on fait progresser une enquête ?

— Possible, commissaire ! possible ! Mais

1. L'Ankou est le conducteur de la charrette. C'est le privilège réservé au premier mort de l'année dans le pays. Il garde le poste pendant un an.

parmi les gens de là-haut, il y en a qui y croient. À mon humble avis, le crime a été commis dans ou autour de l'auberge du Meunier. Alors j'écoute les gens des alentours. Je les laisse raconter. Un petit détail par ci, une petite anecdote par là, et il m'arrive de me dire *Tiens, tiens !* jusqu'au moment où ça fait tilt dans ma tête ! C'est dingue ce qu'on peut s'instruire, comme ça, en jouant parfois à l'idiot du village. J'ai même appris les différentes manières de supprimer les taupes. Avouez que ça vous étonne, commissaire ? Il y en a qui enfilent des morceaux de verre dans les galeries souterraines. Il y en a qui empoisonnent les petites bêtes noires. Et la femme rousse a été empoisonnée.

« Hier soir, commissaire, je n'avais pas sommeil. Vraiment pas. Je ne pouvais faire le vide, faire abstraction de la femme du dolmen. Je possède quelques bouquins qui parlent de ces histoires anciennes, légendes, contes, rites celtes, gaulois, bretons. Et j'ai lu, un peu au hasard, des passages des uns et des autres. Une lecture souvent très surprenante, et parfois délirante. Ainsi un auteur[1], reconnu parmi les plus sérieux, professeur, philosophe, érudit, spécialiste de la culture celtique, ayant publié de nombreux ouvrages, se voulant pragmatique, n'a-t-il pas écrit sur les remarquables alignements de Carnac qu'ils étaient la représentation du clitoris de la femme (*sic !*). Moi, comme beaucoup d'autres ignares, j'avais jusque-là plutôt pensé qu'ils étaient la représentation finement dressée du sexe mâle en belle érection. Et bien, c'était faux, je pensais mal. L'auteur écrit, comparant menhir et clitoris :

« *Le clitoris n'est autre que la pierre remar-*

1. Jean Markale, *Carnac et l'énigme de l'Atlantide.*

quable, de la pierre splendide qui, dressée vers le ciel, dans une attente sexuelle évidente, est prête à recevoir la semence des astres.

« Délirant, non ? Selon l'auteur, le champ des menhirs de Carnac ne serait donc qu'une assemblée de femmes nues, étendues en prières, s'offrant au ciel, attendant une hypothétique fécondation, dans une jouissance superbement céleste sans aucun doute.

— Inspecteur Thobie, intervint Le Garec, si on fermait la parenthèse celtique ?

— Bien sûr, commissaire, répondit Thobie, bien sûr, mais, voyez-vous, j'ai le sentiment que l'auteur du crime a lu ce passage, tout comme moi. N'avez-vous pas remarqué que le corps de la femme, couchée sur le dos, donc, était déposé non pas droit, mais en biais sur le dolmen, les pieds dirigés très exactement en direction des trois menhirs, et les jambes légèrement écartées. Pour l'auteur de cette mise en scène cela avait une signification.

— Alors, nous aurions affaire à un fou ?

— Pas forcément ! Mais certainement à un lecteur de contes et de légendes celtiques et bretonnes. La disposition du corps de la femme rousse n'était pas le fruit du hasard, de la précipitation. C'était voulu. Le criminel avait probablement lu le passage du livre de Jean Markale que je vous ai cité tout à l'heure. D'une certaine façon il offrait la femme rousse au ciel, non pas pour une quelconque fécondation céleste, mais pour que son geste, à lui, son geste fou en effet, de l'avoir tuée, empoisonnée, lui soit pardonné. En quelque sorte, il voulait se racheter. Il regrettait ce qu'il avait fait. À mon avis, commissaire – certes je peux me tromper –, le criminel a dû agir dans une crise de jalousie aiguë, désespérée. Cela ne m'étonnerait donc pas que ce soit un crime de femme. Une femme jalouse, terriblement jalouse, qui a voulu supprimer une rivale.

— Inspecteur Thobie, dit Le Garec, vous m'impressionnez par vos raisonnements et vos déductions. Mais, bon sang ! comment faites-vous pour échafauder des hypothèses aussi... aussi folles, il faut bien le dire ? Comment faites-vous, alors qu'en ce tout début d'enquête nous n'avons encore pratiquement rien de tangible à nous mettre sous la dent ? Comment faites-vous ?

— Mes grandes oreilles de cocker breton qui s'en vont traînant à terre. Mais, commissaire, mon flair n'est, hélas, pas toujours infaillible. Je renifle parfois l'odeur d'un lièvre et c'est une perdrix qui s'envole. Je me trompe parfois de gibier. Des résultats de l'autopsie ?...

— Pas encore. Hier, c'était la Toussaint.

— J'aimerais bien visiter l'auberge du Meunier, dit Thobie. Ça ne m'étonnerait pas que le drame, ou une partie du drame, se soit déroulé à l'intérieur.

— Un mandat de perquisition ?

— Oui.

— Vous pensez que la femme a vraiment été liquidée là-haut ?

— Oui, je crois.

— Pas de problème, inspecteur ! je vous obtiens ça pour cet après-midi et j'irai avec vous.

— En attendant, dit Thobie, je vais aller rendre visite au propriétaire du moulin de l'auberge. Il habite en face du port de Vannes.

— Vous pensez qu'il est dans le coup ?

Un employé de l'identité apportait les photos prises la veille, sur le dolmen et alentour, et interrompit les deux hommes.

— Je prends une des photos du visage, dit Thobie.

— Choisissez, lui répondit Le Garec. Il y en a une demi-douzaine.

— C'était quand même une belle femme, fit observer Thobie après avoir regardé les clichés.

— Trop belle sans doute, une femme capable de faire des ravages dans le cœur des hommes, dit Le Garec, philosophe.

— Alors à tout à l'heure, commissaire !

— *Kenavo !* inspecteur, vous avez une paire de menottes sur vous ?

— Encore un peu tôt, vous ne pensez pas, commissaire ? dit Thobie en quittant le bureau de son chef.

Chapitre III

En quittant le commissaire Le Garec, l'inspecteur Thobie passa dans son bureau pour consulter l'annuaire téléphonique. La veille, au bistrot, Jules lui avait donné le nom du propriétaire de l'auberge du Meunier, Yves Dréno, mais il avait été incapable de lui donner son adresse exacte à Vannes, « En face du port », c'était un peu vague. Cet Yves Dréno devait bien avoir le téléphone. Thobie feuilleta les pages blanches...

Yves Dréno, 124, avenue De Lattre-de-Tassigny. En effet, c'était en face du port et même en face des parkings. Pas de problème de stationnement. *Alors, allons-y,* se dit Thobie. *Et sans prévenir, c'est toujours préférable. Ça fait parfois un effet dingue sur un quidam que de frapper à sa porte et de se présenter tout de go : « Inspecteur Thobie, de la brigade criminelle »... Il y en a qui disent Ah ! bêtement... Ah ! très bêtement, plusieurs fois de suite... Il y en a qui ouvrent de grands yeux étonnés : « Ô mon Dieu ! qu'ai-je fait ? » Il y en a d'autres qui bredouillent : « Mais, monsieur, j'ai tué personne... je suis un honnête homme... vous devez vous tromper d'étage... — Me tromper d'étage ? Parce que c'est au-dessus de chez vous qu'habite l'assassin que je recherche ? — Non, non, inspecteur, c'est pas ce que j'ai voulu dire, mais vous comprenez, "brigade criminelle", ça surprend, ça impressionne... »*

Thobie stationna face au port, à peu près au milieu du deuxième parking. Le 124 de l'avenue devait, normalement, être dans les parages immédiats.

Le flair ! Thobie ne s'était trompé que d'une cinquantaine de mètres. C'était un petit immeuble de trois étages. Deux appartements par niveau. Yves Dréno, selon la boîte aux lettres, était au milieu, au deuxième. Pas d'ascenseur. Pas rentable. Pas assez de clients.

Thobie monta les marches. Arrivé sur le palier du deuxième, il reprit sa respiration. La marche lui convenait en forêt, au bord de la mer, en terrain plat sans problème, mais les escaliers, ça l'essoufflait... Le cœur, les poumons, la rate... Faudrait peut-être faire une révision du moteur... Hors garantie : déjà pas mal d'années et de kilomètres... mauvaise carburation... peut-être bien aussi qu'il y a trop de cholestérol dans l'essence... Allez savoir ?

Thobie sonna trois fois. Il sonnait toujours trois fois. Une manie. Il écouta, entendit un pas feutré derrière la porte, puis un temps d'arrêt. À l'intérieur, de l'autre côté du battant, l'homme devait regarder par le judas pour étudier la gueule du visiteur du matin. On est là ou on n'est pas là ? On ouvre ou on n'ouvre pas ? Thobie devait avoir sa gueule des bons jours. La porte s'ouvrit.

— Monsieur Yves Dréno ? dit Thobie.

— Lui-même, répondit l'homme.

— Inspecteur Thobie, de la brigade criminelle, puis-je entrer ?

— Mais bien sûr, dit l'homme, bien entendu, entrez !

Pas possible, se dit Thobie, *pas possible, il m'attendait, et je n'ai pas apporté une paire de menottes. Pourtant Le Garec m'avait dit...*

— Vous venez sans doute pour le crime qui

a été commis près de chez moi, là-haut sur le dolmen, à côté de l'auberge du Meunier ?

— C'est ça, très exactement, dit Thobie. Vous êtes donc au courant ?

— Le journal, ce matin. Pas beaucoup de détails. Quelle affaire, inspecteur ! Sacrifier une femme sur la table d'un dolmen, comme au temps des Celtes... inimaginable, alors que nous arrivons presque au XXIe siècle.

— Vous y croyez, monsieur Dréno, à ces sacrifices humains ? demanda Thobie, arrivé au milieu de la salle de séjour à la suite de l'homme.

— Oh ! répondit Dréno, il y en a probablement eu, même très certainement, mais il y a des dizaines de siècles, au temps des Celtes, de ceux qui ont dressé dolmens et menhirs pour célébrer un culte, servir une religion aujourd'hui oubliée, disparue. Inspecteur, dans une dizaine de siècles les futurs habitants de la terre – s'il y en a encore – s'interrogeront à leur tour sur nos chapelles, nos églises, nos cathédrales, nos calvaires. Ils se demanderont pourquoi de tels monuments ont été érigés, çà et là, pour quel culte, pour quelle religion... Vous savez, inspecteur, la vie humaine s'étend sur des millénaires, nous ne sommes qu'un instant du cycle.

Thobie écoutait Yves Dréno philosopher avec, lui semblait-il, une certaine justesse. Il pensait qu'il avait devant lui un spécimen d'une espèce en voie de disparition : un sage.

— Monsieur Dréno, dit Thobie, en apprenant la nouvelle, vous n'avez pas eu envie d'aller faire un tour, là-haut, chez vous, à l'auberge du Meunier ?

— Oh si ! bien sûr, répondit Dréno. Oh si ! Mais, ce matin, j'avais rendez-vous chez mon cardiologue. De temps en temps j'ai le cœur qui s'emballe un peu trop fort. Il faut freiner la machine. Et puis, je me suis dit qu'après tout il valait peut-être mieux que toute l'histoire se calme un peu. Là-haut, je les connais. Ça doit jaser, chez Jules, le bistrot sur la place de l'église, ça doit jaser... et je parle des hommes... je ne parle pas des femmes, dans les chaumières... Pour monter à l'auberge, je vais attendre encore quelques jours, que le calme revienne, que tout s'apaise un peu. Et, pour être tout à fait sincère, je ne suis pas tellement fier que cela soit arrivé presque à la porte de chez moi, enfin, près de l'auberge du Meunier, vraiment pas fier du tout. Vous comprenez, je vais là-bas à la belle saison. J'y suis tellement bien. Le paysage est si beau, si reposant. Ça change de la ville. C'est le bonheur tout simple. On y respire un air pur, libre, un air vrai, breton. Et quel beau point de vue ! Je ne me lasse pas de l'admirer. Par beau temps, au loin, on aperçoit l'Océan.

Thobie n'osa pas dire qu'hier il était monté jusqu'au dernier étage du moulin et qu'il était resté un long moment, tout seul, à regarder. Il faisait un temps clair. Lui aussi avait vu l'Océan.

— Mais je parle, je parle, dit Yves Dréno, et je manque à tous mes devoirs. Puis-je vous offrir quelque chose ? Hier soir, j'ai dîné "poisson" et j'ai ouvert une bouteille de blanc sec. Je vous en offre un verre ?

— Après tout, pourquoi pas ? dit Thobie, n'osant avouer très ouvertement qu'il ne faisait là, et une fois de plus, que succomber à son péché mignon... mignon certes, mais péché tout de même.

Chacun, assis dans un confortable fauteuil en cuir et se faisant face de chaque côté d'une table basse de belle facture, leva son verre.

Thobie se sentait bien chez cet homme aimable, accueillant, convivial, mais il se rappela tout de même, après cinq bonnes minutes d'une conversation à bâtons rompus sur la Bretagne, les dolmens, les menhirs, les Celtes, les Gaulois, les Vénètes et le golfe du Morbihan, qu'il était là pour parler d'autre chose.

Yves Dréno, à la retraite depuis six mois, était capitaine de l'une de ces belles vedettes panoramiques qui font visiter le Golfe aux touristes toujours émerveillés de toutes ces îles, et qui poussent souvent jusqu'à Belle-Île-en-Mer. Donc Thobie se rappela soudain qu'il n'était pas là pour déguster un deuxième petit verre de blanc sec, mais qu'il menait une enquête policière. Il était temps pour lui de se ressaisir.

— Monsieur Dréno, dit-il, en mettant la main à son portefeuille, j'ai là une photo de la femme trouvée nue sur la table du dolmen, enfin, bien entendu, la photo du visage seulement. Jusqu'ici personne ne l'a reconnue. Je vous la présente à tout hasard, la routine, sans grand espoir. La voici ! Avez-vous déjà vu cette femme ?

— Faites voir, dit Dréno, en prenant la photo.

Il ajusta ses lunettes, regarda la photo tendue, blêmit, ouvrit la bouche, se mit soudain debout et cria : « Rosen !... Rosen !... oh non ! oh non, pas toi, pas toi ! » Et il s'affaissa d'un coup dans son fauteuil.

— Qui est Rosen ? demanda Thobie qui s'était précipité au secours d'Yves Dréno, manifestement victime d'une crise cardiaque. Qui est Rosen ?

Yves Dréno murmura plusieurs fois : « Mon fils... mon fils... » Il n'était plus en état de parler davantage.

Thobie se précipita sur le palier, frappa à la

porte des voisins. Elle n'était pas fermée à clé ! Il l'ouvrit brutalement. Une femme apparut, l'air ahuri.

— Mais qui êtes-vous ?

— Vite, madame, vite, je vous en prie, téléphonez à un médecin. Votre voisin vient d'avoir une crise cardiaque.

— Une crise cardiaque ? dit la femme. Ça devait arriver. Je téléphone tout de suite. Un toubib habite à deux pas. Dans deux minutes il sera là.

— Une ambulance aussi ! cria Thobie en revenant à l'appartement d'Yves Dréno.

Ce dernier était toujours affaissé dans son fauteuil, la tête penchée sur le côté. Thobie le saisit par les épaules, le sortit du fauteuil, l'allongea sur le parquet, défit le col de sa chemise, repoussa la table basse et entreprit de faire des massages cardiaques, de donner des coups de poing sur la poitrine.

— J'ai fait le nécessaire, dit la voisine, en entrant avec son mari. Le médecin arrive, une ambulance aussi...

— Merci madame ! dit Thobie qui ne ménageait pas ses efforts pour essayer de réanimer Yves Dréno.

Le médecin, un petit gros et rougeaud, essoufflé d'avoir monté les escaliers quatre à quatre, arriva, en effet, très vite.

— Continuez ! dit-il à Thobie... continuez !

Il ouvrit sa serviette, sortit le stéthoscope, se passa les branches autour du cou et s'approcha d'Yves Dréno.

Thobie, essoufflé lui aussi par les efforts qu'il venait d'accomplir, se redressa et s'écarta pour laisser place au médecin. Ce dernier ouvrit les paupières de l'homme terrassé.

— Peut-être pas trop tard, murmura-t-il... un peu d'espoir.

Il commença son examen. Le stéthoscope se déplaçait sur la poitrine d'Yves Dréno.

— Le cœur est faible, très faible, mais il bat, dit-il.

Il fouilla dans sa serviette, sortit un flacon, une aiguille, et prépara une piqûre.

— Dégagez-moi son bras gauche, dit-il à Thobie... retroussez la manche jusqu'en haut.

Et il fit une première piqûre... une deuxième, une minute plus tard... Et il se mit à masser la poitrine, côté cœur, lentement, avec application.

— Il revient, dit-il au bout de quelques minutes. Il revient tout doucement.

On entendit la sirène d'une ambulance qui devait arriver à vive allure, brûlant sans aucun doute les feux rouges les uns après les autres. Les pneus crissèrent. Elle stoppa devant l'immeuble. La sirène se tut.

Deux infirmiers de présentèrent à l'appartement avec un brancard.

— Crise cardiaque ! leur dit le médecin.

— Oui, on sait. On a ce qu'il faut dans l'ambulance, répondit l'un des hommes en blouse blanche.

Yves Dréno fut installé sur la civière et rapidement descendu.

— Je vous suis, dit le médecin.

La sirène de nouveau en marche, l'ambulance partait pour l'hôpital de Vannes.

— Yves Dréno a reçu un choc et moi aussi, dit Thobie, en se laissant tomber lourdement dans le premier fauteuil venu. Bon Dieu quelle matinée !

M. et Mme Guyomar, les voisins de palier, étaient debout au milieu du salon et regardaient cet homme effondré qu'ils n'avaient jamais vu auparavant.

Thobie se passa les deux mains sur le visage, puis dans les cheveux, ébouriffa sa tignasse.

— Mais asseyez-vous donc ! dit-il… asseyez-vous donc !

Il disait cela comme s'il était chez lui.

En fait, savait plus très bien où il en était, le Thobie. M. et Mme Guyomar s'assirent sur le bout des fesses chacun au bord d'un fauteuil. Thobie, lui, se leva, remit en place la table basse qu'il avait déplacée tout à l'heure pour allonger le corps.

— Vous êtes parent d'Yves Dréno ? risqua Mme Guyomar.

— Parent ? moi ? Ah non ! pas du tout, dit Thobie.

Finissant, semble-t-il, par réaliser la situation et comme sortant d'un nuage d'une grande nébulosité, un cumulo-nimbus épais s'évaporant, laissant un ciel redevenu clair et serein après un gros orage, Thobie se présenta à ses hôtes pour le moins troublés.

— Inspecteur Thobie, de la Criminelle.

— Ah ! fit Mme Guyomar.

— Oh ! fit M. Guyomar

— Je mène l'enquête, reprit Thobie sur un ton monocorde qui ne lui était pas coutumier, je mène l'enquête sur la femme du dolmen d'Organ, là-haut à Languidic, près de l'auberge du Meunier.

— Nous en avons parlé ce matin avec Yves Dréno, dit Mme Guyomar. Il était choqué. "Faire ça à la porte de chez moi !…", a-t-il répété plusieurs fois. Pour lui, ce n'était pas convenable.

— Vous connaissez bien Yves Dréno ? demanda Thobie, notant au passage le "Ce n'était pas convenable".

— Forcément ! reprit Mme Guyomar. Ça fait plus de vingt ans que nous sommes voisins de palier. Appartement contre appartement, on finit par bien se connaître. Les murs sont pas bien épais... de petites cloisons, quoi !

— Nicole !... dit M. Guyomar.

Là, il y a du sous-entendu, pensa Thobie.

— Au fait, madame Guyomar, dit-il, tout à l'heure, lorsque je vous ai annoncé que votre voisin venait d'avoir une crise cardiaque, vous m'avez répondu "Ça devait arriver !" Pourquoi, à votre avis, "ça devait arriver" ?

— Pourquoi ? pourquoi ? À cause des femmes, pardi ! Depuis la mort de sa femme, il y a cinq mois, le Yves commence à en faire une consommation excessive dans son lit... enfin à mon sens.

— Nicole ! dit M. Guyomar, une femme par semaine, c'est quand même une consommation normale... surtout que c'est toujours la même.

— Tu sais pas tout, mon pauvre ami ! laissa tomber la Nicole. Tu sais pas tout !

— Ah bon ? fit M. Guyomar, incrédule, en dévisageant sa femme.

— Le jeudi après-midi, reprit celle-ci, c'est d'accord il y a la régulière, sa "payse", comme il dit, qui descend de là-haut, le sac à provisions chargé de choux, salades, fraises, et jusqu'à des fleurs... les produits de son jardin. En remerciement, le Yves Dréno lui fait visiter sa chambre à coucher. Faut vous dire, inspecteur, que de ma salle de bains on entend tout ce qui se passe dans la chambre d'à côté. Alors des fois, j'écoute. Le Yves et sa "payse" ne sont sûrement pas au pied du lit, à genoux, les mains jointes, en train de réciter des prières. Le lit, ils sont dedans !...

— Nicole ! Enfin ! t'as pas honte !... dit M. Guyomar.

Mais Nicole était lancée et continuait avec manifestement grand plaisir.

— Pour faire dans le pudique comme le veut mon cher mari, disons, inspecteur, que la "payse" monte au septième ciel avec une suite d'exclamations bien à elle et qui vont *allegro, allegro, crescendo, crescendo.* Faudrait se boucher les oreilles pour ne pas entendre le concert.

— Et ça t'excite ? demanda son mari.

— Ça donne des idées... et même des envies, répliqua la Nicole. Yves doit être un sacré bon chef d'orchestre. Il a l'air de connaître de belles variations, lui.

— C'est pour moi que tu dis ça ?

— Non, c'est pour le pape !

Arrivé à ce stade de la conversation des deux époux, Thobie crut bon de dire très timidement :

— Vous savez, je suis pour la paix des ménages.

— Soit, inspecteur ! dit la Nicole, mais c'était là où je voulais en venir. Donc, tous les jeudis après-midi, la "payse". Le lendemain, le vendredi après-midi, monsieur mon mari va jouer aux boules, c'est sa séance hebdomadaire à lui : "Tu la vises et tu la manques." Tu sors ton double mètre de la poche pour mesurer au millimètre près la distance très précise de ta boule avec celle de l'autre. Et la partie terminée, tu en profites pour aller boire un bon coup avec les copains au bistrot du coin. Bobonne, elle, à la maison, finit la vaisselle, se morfond, regarde à la télé... le 129e épisode d'un feuilleton prévu pour se terminer la quatrième semaine de février en l'an 2019 (si, entre-temps, il n'y a pas trop de grèves).

« Bref ! vers les quatre heures de l'après-midi, l'épisode 129 terminé sur un gros bisou-bisou, j'ai envie d'aller faire du lèche-vitrines. Je vais à la salle de bains me donner un coup de peigne. Et voilà que j'entends de l'autre côté de la cloison des petites plaintes, toutes douces, qui montent, qui montent, qui montent, et qui ne laissent aucun doute sur leur origine. Il y a une femme qui entre en pâmoison dans le lit d'Yves Dréno. Et celle-là, le Yves devait la prendre avec raffinement. Ce n'était pas à la hussarde comme avec la "payse". »

Thobie, silencieux, semblait apprécier la différence. Il pensait même que Mme Guyomar ne se serait pas fait beaucoup prier pour franchir la cloison de la salle de bains et pour se retrouver dans le lit d'Yves Dréno, afin de connaître les méthodes variées du don Juan.

M. Guyomar, absolument outré par les propos de sa femme, était parti à la fenêtre et regardait les bateaux dans le port de Vannes.

— Ben le Yves ! reprit la Nicole, depuis quelque temps il doit boire de la jouvence de l'abbé Soury. Hier sa "payse", aujourd'hui rebelote avec une autre. *À ce train-là,* que je me suis dit, *un de ces jours, son cœur va flancher... va plus pouvoir assumer.*

« Vous pensez bien, inspecteur, que j'avais envie d'entrevoir le joli minois de la nouvelle conquête du Yves. Alors je me tenais aux aguets. La cérémonie nuptiale consommée, je me suis postée de garde près de la porte d'entrée, devant le judas, prête à bondir secouer le paillasson quand la dame sortirait de chez Dréno. "Bonjour, madame ! c'est incroyable la poussière qu'on peut ramasser dans la rue ces temps-ci." Enfin vous voyez, inspecteur, le genre de réflexion qui vous donne le temps d'examiner la dame, tout bien comme il faut, de haut en bas, la dame qui vient de s'offrir une jolie petite partie de jambes en l'air.

« Il a fallu qu'à ce moment-là ce sacré téléphone sonne chez moi. Et c'était savez qui ?...

Une femme à la voix tout sucre qui me démarchait pour me vendre une cuisine intégrée. La veille, elle m'avait fait le même coup pour échanger mon salon contre un nouveau. J'étais furieuse, me déranger pour ça, alors que j'étais postée en sentinelle derrière ma porte. J'avais déserté mon poste. En raccrochant d'un coup sec, je me suis rendu compte que la porte d'à côté venait de s'ouvrir ou de se refermer. J'ai bondi dans l'entrée pour coller l'œil au judas. Merde ! La femme descendait déjà l'escalier. Je l'avais ratée. J'ai ouvert la porte pour caresser le paillasson. Mais trop tard, la femme avait déjà pris le deuxième virage. Je ne la voyais que de dessus. Une rousse ! Je n'ai vu qu'une touffe de cheveux roux, mais roux... Les rouquines, il paraît que ce sont les meilleures pour allumer les hommes. Elles ont un tempérament de feu.

— Bon Dieu ! jura Thobie. Bon Dieu ! la femme du dolmen...

— Quoi ? dit Mme Guyomar... la femme du dolmen ? Inspecteur, j'ai couru à la fenêtre sur la rue. Je l'ai ouverte et me suis penchée. Mais je n'ai vu la rousse que de dos. Elle portait un imperméable gris anthracite, avec ceinture à la taille, des bas résille noirs, talons aiguilles... une allure élégante qui faisait jeune. *Ben mazette !* que je me suis dit, *depuis la mort de sa femme, le Yves Dréno se déchaîne, s'est mis en chasse et lève du beau gibier.*

À tout hasard, Thobie sortit la photo de la femme du dolmen et la présenta à Mme Guyomar.

— Évidemment, vous ne pouvez pas la reconnaître ? dit-il.

— Non, inspecteur, je n'ai pas vu son visage, mais c'est bien la même coiffure. Ce que j'ai pu être furieuse ! Ça devrait être interdit, ce démarchage par téléphone. Un de ces jours je recevrai un coup de fil d'une agence matrimoniale : "Madame Guyomar, vous êtes mariée depuis longtemps ? — Oh que oui ! Depuis trente ans... Pourquoi vous me demandez ça ? — Parce que, chère madame, il serait peut-être temps de songer à remplacer votre mari ?... et d'en prendre un plus jeune ? — Ma foi, c'est une idée ! Pourquoi pas ? Mais qu'est-ce que je vais faire du vieux ? Vous me le reprenez ? — Mais oui, chère madame, on vous en débarrasse. On le met en maison de retraite... et même que vous recevez une prime du gouvernement, comme pour les vieilles voitures mises à la casse..."

Thobie se retenait pour ne pas éclater de rire... et il avait beaucoup, mais vraiment beaucoup de mal, malgré l'imbroglio dans lequel il était plongé avec cette femme rousse énigmatique.

M. Guyomar avait quitté la fenêtre et était revenu au milieu du salon. Il dit, imperturbable, en s'adressant à sa femme :

— Méfie-toi, Nicole, que je ne fasse pas comme Yves Dréno et qu'un de ces jours je ne mette dans mon lit une jeunesse rousse... Ma chérie, tu commences à avoir la carrosserie un peu fatiguée...

— Essaie donc pour voir, mon gros lapin, répliqua la Nicole. Essaie donc ! Fais bien attention à toi ! Et ne sois pas surpris si, pendant que tu fais ta ronflette du midi, je prends le fusil, j'aiguise le grand couteau de cuisine et je te coupe tes deux belles petites glorieuses. Tu n'auras plus, mon gros chéri, qu'à te reconvertir dans la chorale des eunuques qui chantent l'*Alléluia* de Schubert le jour de Pâques au Vatican.

M. Guyomar haussa les épaules.

— Ton *Alléluia* a été composé par Haendel, dit-il. Schubert s'est contenté de *La Truite*.

— Ah bon ! il était aussi pêcheur de truites. T'es sûr ? Je croyais que *La Truite* avait été composée par les frères Jacques...

Là, l'inspecteur Thobie ne put retenir un formidable éclat de rire qui résonna dans tout l'appartement. Sacrée Nicole !

— Et qu'en ferais-tu, de mes deux glorieuses ? demanda M. Guyomar.

— Au chat ! dit Nicole. Il se régalerait, le salopard !

Fatalité ! on entendit un miaulement. Un gros angora, jusqu'ici pelotonné au creux d'un fauteuil, se mit debout, fit le gros dos, sauta à terre et vint se frotter contre les jambes de Mme Guyomar.

— Salopard ! dit le mari. Inspecteur, ne faites pas attention. On ne fait pas trop mauvais ménage, Nicole et moi. De temps en temps on se lance des vannes. Ça ne va pas plus loin.

— Normal qu'on se lance des vannes, dit la Nicole, puisqu'on habite Vannes.

— Celle-là, je ne la connaissais pas, dit Thobie.

— Merde ! dit soudain Nicole... va falloir qu'on s'occupe du chat d'Yves Dréno ? J'espère qu'il va s'entendre avec notre siamois ?

Thobie, lui, avait d'autres préoccupations. Une femme rousse, élégante, était venue chez Dréno vendredi. Et il y avait entre eux une relation amoureuse certaine. La femme du dolmen était rousse aussi, un corps svelte, soigné... Yves Dréno avait reconnu la photo de la femme du dolmen. C'était la même femme. Et elle s'appelait Rosen... et Rosen était venue chez lui 48 heures avant d'être exposée là-haut, morte, sur la table du dolmen.

Troublant, non ?

Terrassé par une crise cardiaque, Yves Dréno avait répété plusieurs fois de suite : « Mon fils...

mon fils. » Il était alors encore parfaitement conscient de ce qu'il disait.

— Vous saviez qu'Yves Dréno avait un fils ? demanda Thobie aux époux Guyomar.

— Un fils ? (Les Guyomar se regardèrent surpris, incrédules.) Un fils ?

— Yves Dréno n'avait pas de fils, dit M. Guyomar. Ça fait plus de vingt ans qu'on se côtoie tous les jours. Il nous en aurait parlé, nous l'aurait présenté... un fils ?

— Et si c'était un fils caché ? dit soudain la Nicole Guyomar, inspirée. Hein ! De nos jours ça arrive, ces choses-là. Il n'y a pas si longtemps un certain président de la République française nous a fait le coup de sortir tout soudain, de son grand chapeau noir, une fille naturelle... Français ! Françaises ! je vous présente ma fille illégitime... mon amour... mon sang... Elle a déjà vingt ans. Je l'ai appelée du nom d'un grand, d'un illustre et vertueux cardinal, ministre du Roi Soleil lui-même, Louis XIV. Ce fut un grand choc dans la nation puritaine...

— Faut applaudir ta tirade ? demanda M. Guyomar.

— C'est comme tu penses, mon gros chéri, dit Nicole. C'est selon... si tu es républicain ou royaliste...

Thobie réussit cette fois-ci à contenir un rire qui aurait pu devenir énorme, contagieux, éclatant, de toute façon incompatible avec son état de policier dans le plein exercice de ses fonctions.

— Donc, conclut l'inspecteur, se forçant à rester sérieux, vous n'avez pas connaissance d'un fils présumé d'Yves Dréno ?

— En tout cas, il n'a pas eu l'honneur de nous être présenté, dit la Nicole.

— Au fait, reprit Thobie, vous m'avez dit que Mme Dréno était morte il y a cinq mois. Le couple s'entendait bien ?

— Apparemment oui ! dit M. Guyomar.

— Apparemment seulement ! rectifia la Nicole. Vous savez, inspecteur, pour moi, un couple qui fait chambre à part sauve les apparences, pas plus. Quinze jours après l'enterrement de Mme Dréno, la “payse” arrivait avec son sac à provisions plein des légumes de son jardin et s'en retournait après être passée par la chambre à coucher du Yves. Vous pensez, ils devaient se connaître tous les deux depuis belle lurette. Pourquoi la marchande des quatre saisons n'était-elle jamais venue auparavant chez les Dréno ? Ça veut tout dire. C'est lui qui montait là-haut toutes les semaines à l'auberge du Meunier, seul, pour voir si tout allait bien. Mon œil ! Il devait faire un petit détour... histoire de revenir un peu plus léger, un peu plus guilleret. À mon avis, Mme Dréno le savait, fermait les yeux. Elle devait, quelque part, y trouver compensation, avantage. Lesquels ? Mystère ! Ça m'étonnait un peu du Yves de s'être amouraché de cette “payse”, de cette femme forte de l'Évangile. Point de vue beauté, méritait mieux, Dréno. Mais ça !...

— Ouais ! dit Thobie. Ouais ! Donc cette femme rousse, jamais vue avant vendredi dernier ?

— Jamais !

— J'aimerais tout de même savoir d'où elle vient ? dit Thobie, comme pour lui-même. Aujourd'hui j'ai appris son prénom : Rosen... un prénom breton. Très vraisemblablement, elle est donc bretonne.

— Rosen, c'est plus joli que Rose, fit remarquer Nicole.

— Je suis d'accord avec vous, lui répondit Thobie. Bon ! Il me reste à passer à l'hôpital, voir si Dréno est en mesure de préciser le pourquoi de sa réaction brutale... ce “Rosen ! Rosen !” et ce “Mon fils ! mon fils !”

Il s’était levé. Les Guyomar en firent autant.

— Il me faudrait les clés de là-haut, dit-il, celles du moulin et celles de l’auberge. J’ai l’intention d’y monter dès que possible pour une perquisition. Vous avez une idée de l’endroit où je pourrais les trouver ?

— C’est tout simple, dit Nicole Guyomar. Derrière vous il y a un tableau où sont accrochées toutes les clés. Yves Dréno est un homme très ordonné, et même un peu maniaque.

Thobie s’approcha du petit tableau qui représentait un voilier. Au-dessous, une rangée de crochets avec des clés suspendues et étiquetées. Il n’eut qu’à lire et se servir : Moulin, Auberge. Il mit les clés dans sa poche.

— Et maintenant, comment on fait pour l’appartement ? dit-il. Yves Dréno a de la famille à Vannes ?

— Non, répondit Nicole Guyomar. Des copains, des amis, mais pas de parents... Et il y a le chat... enfin la chatte angora...

— C’est vrai, dit Thobie. Il y a la chatte. Vous pouvez vous en occuper pendant quelques jours ?

— Oui, dit Nicole. Espérons qu’il n’y aura pas trop de bagarre avec notre matou du Siam !

— Alors, madame Guyomar, vous fermez la porte de l’appartement et vous gardez les clés. Vous ne les donnez à personne. Personne ne doit entrer ! Personne.

— Pas même la “payse” qui va se pointer jeudi après-midi avec son cabas bourré de légumes ?

— Pas même, et même surtout pas elle, madame Guyomar. C’est très important. Je me demande jusqu’à quel point nous ne devrions pas mettre les scellés.

— À ce point ? dit M. Guyomar.

— Oui, à ce point répondit Thobie.

— Alors, vous croyez qu'Yves Dréno est dans le coup du dolmen ?

— Non. Pas vraiment. Mais il détient sans doute la clé de l'énigme. Fermez bien la porte derrière moi. Je reviendrai si possible en fin de soirée. Je file à l'hôpital voir ce qu'il en est au juste.

Thobie sortit une carte de visite de son portefeuille.

— Vous pouvez me joindre à cette adresse, dit-il. Si je ne suis pas là, et s'il y a urgence, quelqu'un viendra à ma place. Mais, encore une fois, n'ouvrez l'appartement à personne. D'ailleurs vous n'avez qu'à dire que vous n'avez pas les clés. Pour le chat et la chatte, j'espère qu'il n'y aura pas une portée dans quelques mois, conclut l'inspecteur en riant.

— Aucun risque, dit la Nicole, le grand couteau de cuisine est passé par là...

— Pauvre mec ! dit Thobie pour lui-même, en descendant l'escalier. Pauvre mec !

Chapitre IV

Après avoir quitté les Guyomar, et surtout la Nicole qui n'engendrait pas la mélancolie, Thobie se rendit directement à l'hôpital.

Yves Dréno y était en soins intensifs. Entre vie et mort. Pas question d'entrer dans la chambre poser la plus petite question. De toute façon, l'inspecteur Thobie ne tenait pas à provoquer un deuxième choc cardiaque. Il venait prendre des nouvelles, se sentant un peu responsable. Pourtant, il n'avait fait que présenter une simple photo. La routine, quoi !

Les toubibs, eux, ne se mouillaient pas : « État très, très réservé. » Thobie sortit de l'hôpital en pensant que les deux « très, très » étaient très inquiétants.

Revenu aux bureaux de la PJ, il raconta sa matinée mouvementée au commissaire Le Garec. La conclusion était évidente. Yves Dréno connaissait la femme rousse du dolmen : elle avait même été sa maîtresse, au moins une fois, le vendredi précédent en milieu d'après-midi. Enfin, Thobie avait appris le prénom de la morte : Rosen. Pour le nom, il faudrait encore chercher. Quant au fils secret... mystère... aucune trace.

— J'ai reçu les premiers résultats de l'autopsie, dit Le Garec. Confirmation de l'heure de la mort, vers 13 heures dimanche 31 octobre au cours du déjeuner... empoisonnement. La nature du poison est définie de manière catégorique : strychnine, un poison qui provoque à peu près les mêmes effets que votre fameux “poisson-globe” japonais. Et la strychnine est de vente strictement interdite au public.

— C’est un peu ce que je pensais depuis hier, dit Thobie. Là-haut à Languidic on appelle ce poison Taupicine.

Et l’inspecteur mit Le Garec au parfum dans le détail de ce qu’il avait appris sur la chasse aux taupes.

Conclusion provisoire des deux policiers : le crime avait bien été commis à Languidic, et par quelqu’un qui avait jardin ou terrain et qui n’aimait pas du tout les petits monticules de terre qui poussent la nuit, ni leurs auteurs qui labourent de façon très désordonnée, et à sa place. Mais comment avait-il réussi à se procurer un poison interdit et hors commerce ?

Il fut donc décidé de mettre la pression sur les gens du pays. Il fallait les faire parler. N’étaient pas assez bavards, ces gens-là... Allaient bien finir par se contredire... par laisser échapper une petite confidence très anodine, très innocente. Thobie avait ses méthodes personnelles pour ce genre d’exercice.

— Ça vous connaît, ça, inspecteur Thobie, faire parler et écouter les gens, par exemple debout devant un comptoir de bistrot, dit Le Garec. À Languidic, si j’en crois votre rapport d’hier, vous avez fréquenté longuement celui qui se trouve sur la place de l’église. Mais il n’y a pas que la fraternité du zinc, dans la vie, pour accoucher les témoins. J’ai vu aussi, inspecteur, que le long de la route, à 500 mètres du bourg, il y a un monastère. Qui sait, un moine épris soudain de liberté, qui aurait jeté son froc aux orties, histoire de faire connaissance avec toutes les belles tentations de la vie...

— Pourquoi pas ? dit Thobie. Il faut que ce soir je pense à vérifier le calendrier des Postes.

— Pourquoi, inspecteur ?

— Et si, cette année, commissaire, le premier novembre tombait une nuit de lune rousse ?

Le téléphone sonna sur le bureau du commissaire. Celui-ci décrocha aussitôt, en lançant à Thobie un regard où brillaient de petites étincelles de lumière mi-lune, mi-soleil.

— Commissaire Le Garec, j'écoute !... Quoi ? Un pendu ? Et bien, décrochez-le ! coupez la corde ! Vous n'avez pas besoin de moi pour ça. Ah ! il y a un problème ? Vous pensez qu'on aurait peut-être pu l'aider ? Bon ! je vais monter. Je vous retrouve à la gendarmerie dans une petite heure.

Puis, s'adressant à Thobie :

— Manquait plus que ça, nous avons un jambon à décrocher. Il paraît même qu'il serait trop fumé, un peu faisandé... et que les rats et les rapaces du secteur n'allaient pas tarder à venir y goûter. Heureusement, en Bretagne, il n'y a pas de hyènes.

— Et c'est où ? demanda Thobie.

— Du côté de Ploërmel... sous le hangar d'une ferme abandonnée, au milieu de terres en friche. Alors, inspecteur, comme d'habitude, on se partage le travail. Je me dévoue pour le pendu et vous, vous restez sur la femme rousse.

— Commissaire ! vous avez de ces expressions !

— Qu'est-ce que j'ai dit ?

— Que je devais rester sur la femme rousse...

— Inspecteur Thobie, réagit le commissaire Le Garec, depuis un certain temps je vous trouve plus gaulois que breton. Il serait temps de songer sérieusement à vous ressaisir.

Et une nouvelle fois ce fut un éclat de rire.

— On remet à demain matin la perquisition

à l'auberge du Meunier ? dit Thobie, redevenu sérieux.

— Oui. Je pense que vous avez largement de quoi vous occuper cet après-midi, lui répondit Le Garec. On fait le point ce soir. Le premier revenu au bureau attend l'autre.

Sur ces paroles, chacun partit de son côté.

— Bon courage, commissaire ! lança Thobie. Il paraît que le meilleur moyen pour faire parler un pendu, c'est de lui chatouiller la plante des pieds avec une plume de corbeau.

Le Garec haussa les épaules sans répondre.

Thobie prit donc la direction du moulin d'Organ et de l'auberge du Meunier, bien décidé, cette fois-ci, à faire parler les gens de Languidic. Installé au volant de sa voiture, il s'exclama d'un air entendu : « Là-haut, certains sont un peu trop taciturnes. »

Quelque cinq cents mètres avant d'arriver au petit bourg, il allait passer devant le monastère de Locmaria, quand il se rappela la boutade du commissaire : « Inspecteur Thobie, si vous alliez interroger les moines, peut-être que l'un d'eux, en mal d'amour, a fait le mur la veille de la Toussaint ? On ne sait jamais !... »

— Chiche ! dit Thobie.

Et il rangea sa voiture sous les platanes qui cachent à moitié la longue et austère bâtisse. Un peu intimidé, il se dirigea vers l'entrée du monastère... N'avait encore jamais osé s'aventurer en pareils saints lieux. Son cœur d'ancien premier communiant était plein d'émotion.

Sur le côté de la porte, au bout d'une chaîne rouillée, pendait une poignée en cuivre rouge. Prenant sa respiration à deux fois, il tira. Une cloche tinta de l'autre côté de la muraille. Un tintement clair, céleste. Une petite minute d'attente. Il se préparait à tirer une seconde fois sur la chaîne, lorsque la porte s'ouvrit.

Thobie recula d'un pas. *Merde !* qu'il se dit tout intérieurement. *Merde ! Une bonne sœur...* Visiblement troublé, il bredouilla :

— Ma sœur, ma bonne mère, savez-vous si, par hasard, un moine serait sorti la nuit de la Toussaint.

La chère sœur, ou la bonne mère, coiffée d'une jolie cornette blanche immaculée, avait de grands et beaux yeux bleus tout étonnés, vraiment très grands et vraiment très étonnés.

— Mais, monsieur, dit-elle, il n'y a pas d'hommes ici. Dieu soit loué ! Il n'y a que des sœurs.

— Pardon, bonne mère ! balbutia Thobie. Pardon ! J'ai dû m'égarer dans mes prières... enfin, dans mes renseignements.

Le pauvre Thobie, en cet instant précis, ne savait plus bien où il en était. Entre terre et ciel... dans une espèce de purgatoire, peut-être...

— Mais si je peux vous aider... dit la bonne sœur, charitable, remarquant le trouble de ce visiteur manifestement égaré. Entrez donc !

L'inspecteur Thobie, en état de très grande infériorité, n'osa refuser. Il fut introduit dans une grande salle, haute, longue et voûtée, où étaient exposés sur des tables fromages de chèvre, miel, confitures, terrines, gâteaux, et autres généreuses friandises gourmandes.

— Mais c'est le paradis terrestre ici, dit-il, admiratif – entre-temps il s'était ressaisi –, le paradis terrestre !

— N'exagérons rien, dit la sœur, cependant flattée du compliment. Ce sont tout simplement les produits de notre monastère.

— Ah diable ! dit Thobie. Oh pardon, ma sœur ! Diable ! Où ai-je la tête ? Je ne voulais pas prononcer ce mot. Pas ici. Il m'a échappé. Je suis confus.

À ce moment arriva un vieil homme en soutane noire.

— Notre bon chapelain, présenta la sœur, en élevant fortement la voix.

Le brave vieux curé, en retraite et faisant office d'aumônier, doit être dur de la feuille, pensa Thobie. *Ce doit être gai au confessionnal ! Toute la chapelle du couvent doit résonner des péchés véniels des chères bonnes sœurs :*

« Cette nuit, mon père, je me suis sans doute trouvée un peu seulette dans mon petit lit blanc virginal... et j'ai rêvé, mon père, rêvé seulement, que je me caressais, me caressais, me caressais... enfin vous voyez, mon père... et je me sentais comme entrant en paradis...

— En paradis, ma sœur ? Oh non ! c'était en enfer... en enfer... Pénitence ! Pénitence ! »

Et toutes les autres sœurs à genoux, en prière, qui attendent leur tour au fond de la chapelle du monastère, et qui entendent, et qui rougissent, car elles n'en font jamais autant, elles. Oh non, jamais ! Une chère sœur se penche à l'oreille de sa voisine :

« T'entends, sœurette, ce que confesse Marie-Joseph de la Conception ? Ça t'arrive, à toi, ces petites caresses secrètes pendant la nuit ?

— Oh ! si peu, si peu ! répond la sœurette, que ce n'est pas péché. C'est un petit bienfait que t'envoie le Seigneur... une petite explosion de bonheur.

— Je te crois, sœur Félicité, comme tu parles bien de ces choses-là, dit sœur Pimprenelle de la Visitation, d'une voix toute douce ! "Une petite explosion de bonheur..." Sœur Félicité, tu me caresses le cœur... »

— Notre bon chapelain va vous faire visiter notre petit élevage, dit la sœur tourière qui avait introduit Thobie, le loup, dans la bergerie.

Thobie n'osa pas refuser, ne pouvait plus reculer. Le bon Dieu était en train de le prendre au piège. Seigneur ! Jusqu'où ça mène de soupçonner moines et moinesses...

Pénitence, mon fils ! Pénitence !

— Suivez-moi ! dit à très haute voix le chapelain aux cheveux blancs.

Impossible de faire demi-tour, pensa Thobie. *Je dois boire ma sottise jusqu'au fond du calice qui m'est tendu. C'est le commissaire Le Garec qui va rigoler lorsque je vais lui raconter mon aventure chrétienne, moi, le mécréant, tout d'un coup saisi par les griffes du bon Dieu.*

La promenade dura une bonne demi-heure, car le chapelain, vieux et sourdingue, appuyé sur un solide bâton de noisetier, ne marchait pas vite et s'arrêtait souvent pour commenter.

— Regardez nos chèvres, comme elles sont belles et bien entretenues ! Le bouc, lui, est enfermé dans l'enclos, là-bas, à l'autre bout du parc. Nous voici près du rucher... cinquante ruches... c'est un gros travail pour nos sœurs, vous savez. Nous arrivons au poulailler. Plus de cent poules. C'est beaucoup trop. Mais chacun ne doit-il pas gagner sa nourriture terrestre ?

— Vous avez de nombreux et très beaux coqs, ne put s'empêcher de faire remarquer Thobie, à très haute voix, lui aussi.

— Un coq pour dix poules, c'est la règle, répondit le chapelain imperturbable, et sur la même hauteur de ton.

Bon sang ! pensa Thobie, *c'est pas à moi que ça arriverait, une chance pareille. Dix poules pour moi tout seul. Caïd au milieu d'un harem. Le beau rêve exotique. Le paradis d'Allah ! Dix moukères qui te font la danse du ventre tout autour de ta couche et viennent à tour de rôle te faire l'offrande de leur corps... de la vieille un peu fripée, un peu vicieuse, jusqu'à la jeunette lisse comme l'eau pure, timide, inexpérimentée, mais si belle, si fraîche, si...*

Thobie se secoua. Il avait de vilaines pensées. Il émergea soudain d'une oasis enchantée perdue au milieu d'un désert d'Arabie. Ses yeux s'étaient, un instant, égarés, fascinés par des mirages défendus. Avant de quitter le monastère, il devrait passer par le confessionnal de la chapelle gothique du XVe siècle et entendre le vieux chapelain lui dire d'une voix forte : « Pénitence, mon fils ! Pénitence ! »

Docile comme un agneau, Thobie suivait pas à pas un vieux druide aux cheveux blancs qui faisait office de berger d'un troupeau de bonnes sœurs.

Enfin revenu à la case départ, après une petite éternité, Thobie remercia son vénérable guide avec moult démonstrations de gratitude.

— Regardez, cher monsieur, ce que notre brave sœur tourière vous a préparé pendant notre promenade. C'est notre offrande à nos visiteurs de passage.

Thobie était confus, ne méritait pas ça. La sœur, donc, tourière, lui avait préparé un petit carton dans lequel il y avait : miel, confitures, crème de marron, fromages, pâté de lapin... et Dieu seul sait quoi encore...

Et pas question de payer. Non ! Non ! C'était offrande du Seigneur.

Thobie ne savait trop que faire... Embrasser la sœur tourière ? Il hésitait. Ça se faisait, ou ça se faisait pas ? De toute façon, c'était pas facile avec la cornette qui retombait sur les deux joues. Etait gironde, la sœur tourière, avait de beaux yeux bleus, un joli petit nez retroussé, avait les lèvres gourmandes, pulpeuses. Thobie l'aurait bien embrassée sur la bouche, mais pas devant le vieux chapelain :

dur de la feuille, mais bon pied, bon œil. Quelle attitude fallait-il prendre ? Quel geste de gratitude fallait-il entreprendre ? Savait pas bien, Thobie !

Son honneur, disons plutôt son amour-propre fut sauvé *in extremis*. Son carton sous le bras, au moment de sortir, en se retournant il avisa un tronc près de l'entrée de la grande salle, toute l'apparence d'un tronc d'église. Il fouilla vite dans sa poche, trouva un vieux billet de 100 francs à l'effigie de Voltaire, qu'il glissa dans la fente. Il eut une pensée ironique pour le vieux philosophe : finir dans un tronc de monastère !...

Comme il avait cependant satisfait aux obligations de la civilité, son carton de friandises monastiques lui parut plus léger. Thobie se trouvait soudain un peu moins couvert de confusion, et sa conscience était plus sereine, plus à l'aise.

Revenu à sa voiture garée sous les platanes, il se rendit alors compte qu'il n'avait pas dit un seul mot, posé une seule question, concernant Rosen, la femme rousse du dolmen. Un moment, avait bien pensé le faire, mais... n'avait pas osé... avait gravement manqué à tous ses devoirs de policier.

Et si Rosen était une bonne sœur ?...

Chapitre V

Après cette étape monastique qui l'avait fort troublé, l'inspecteur Thobie se dit que le seul moyen de reprendre pied dans la réalité du monde laïque, terrestre, républicain, convivial, et tout et tout, était de se rendre sans plus tarder chez Jules, le bistrot, place de l'église, à Languidic.

Un bon verre de muscadet païen après le calice chrétien.

Jules l'accueillit avec un plaisir manifeste, peut-être un peu par sympathie... peut-être un peu commercial aussi, l'accueil.

— Alors, inspecteur, de retour dans le coin ?

Thobie pensait que ce drame de la femme du dolmen avait pour conséquence directe la venue dans le bar d'une clientèle plus nombreuse. On venait chez Jules pour boire un coup, certes, mais aussi pour parler des potins du pays et surtout de l'affaire, des bruits qui circulaient, des réflexions des uns et des autres, des suppositions...

— De retour, en effet, dit Thobie, laconique.

— Ça avance, cette enquête ? demanda Jules.

— Ça piétine depuis hier. Je peux même dire que ça patine. Oh ! rassurez-vous, je finirai bien par faire parler les dolmens et les menhirs puisque les gens d'ici ne veulent rien dire. Pas tellement étonnant d'ailleurs : le coupable est parmi eux.

L'inspecteur Thobie venait de donner un grand coup de pied dans la fourmilière. Les clients étaient nombreux dans le bar, au comptoir, autour des tables. À l'entrée du policier, ils avaient fait silence. Ils écoutaient celui-ci, et Thobie le savait.

— Étant donné que les gens du pays n'ont rien vu, rien entendu, et demeurent bouche cousue, on en conclut que la femme est venue là toute seule, à poil, car on n'a pas retrouvé ses vêtements. Elle est montée sur le dolmen, toujours toute seule, comme une grande, et s'est gentiment allongée les seins dressés vers le ciel, en imploration céleste.

Un consommateur osa émettre un petit rire naïf, aussitôt suivi de deux ou trois autres plus bêtes que méchants.

— À défaut de connaître le nom de la femme, reprit Thobie, on connaît son prénom. Elle s'appelait Rosen. Un joli prénom breton, vous ne trouvez pas ? Et celui qui a fait le coup est aussi un Breton, et même possible que c'est une bretonne. On ne sait pas bien encore. À Vannes, il y a 50 000 habitants. Rosen, la femme rousse, y a été vue vendredi dernier. Elle se promenait du côté du port et elle n'était pas nue : imperméable gris anthracite, bas noirs, talons aiguilles, sac en bandoulière. À Languidic, il y a mille habitants à peine, et la femme qui avait une certaine classe est totalement passée inaperçue. Curieux ! Je vais finir par croire qu'ici on vit un peu à l'heure sicilienne. C'est l'*omertà*. La loi du silence.

Les clients ne pipaient mot, mais avaient senti que l'inspecteur n'était pas à prendre avec des pincettes et qu'il n'allait sûrement pas leur payer la tournée.

Chacun regardait dans son verre, le tournait, l'inclinait, le humait... chacun faisait sa petite grimace hypocrite. Les uns étaient au blanc, les autres au rouge. Apparemment la limonade n'était pas leur boisson préférée.

— Enfin, bon Dieu ! jura Thobie, il y a bien quelqu'un qui a vu quelque chose ?

Une voix timide s'éleva au fond du bistrot. Elle venait d'un homme d'âge certain, qui était assis devant un verre de rouge, et qui se roulait une cigarette, avec bien du mal, entre ses gros doigts un peu déformés par les rhumatismes. Et ça n'avait vraiment pas l'air facile. La cigarette allait sortir tordue, bossue, certainement pas une gauloise bien roulée par la manufacture des tabacs de Morlaix.

Thobie regardait l'homme à la casquette défraîchie et posée de guingois sur le haut du crâne.

Jules l'appelait le père Adrien.

Le père Adrien s'arrêta de rouler sa cigarette.

— Ben moi, inspecteur, j'ai vu quelque chose, cette nuit-là, vers les une heure et demie du matin. Oh ! c'est pas grand-chose... mais le lendemain j'ai aperçu quelque chose qui n'était pas là la veille...

— Dites toujours ! encouragea Thobie. On ne sait jamais. Un petit détail, un petit rien, ça aide souvent à comprendre une chose plus importante.

— Je vais vous dire, reprit le père Adrien, mais laissez-moi d'abord finir ma cigarette. Je peux pas faire les deux en même temps.

De par son métier, Thobie avait appris une chose essentielle : ne jamais brusquer les gens qui ont quelque chose à vous dire et qui souvent ne savent pas trop bien comment s'y prendre, ou qui hésitent à le faire. Faut laisser le temps à la réflexion.

Jeune inspecteur, Thobie se souvenait qu'en voulant parfois précipiter les confidences il n'avait le plus souvent réussi qu'à clore les bouches, comme se ferment les huîtres quand elles sentent venir le danger. Donc, patient, il se fit servir un deuxième verre de muscadet. Il avait sans doute le temps de le boire tranquillement avant que la cigarette du père Adrien ne sorte du moule. Fallait pas brûler les étapes.

C'est comme pour la lecture d'un roman à suspense. Il y a des lecteurs pressés qui veulent connaître trop rapidement le nom du coupable. Ils commencent par sauter des phrases, puis des pages, veulent arriver à la fin trop vite. L'auteur, lui, a mis plusieurs mois pour écrire son bouquin. Lecteur, respectez le travail de l'artisan ! Ce dernier a joué au petit Poucet qui sème de tout petits cailloux le long du chemin. Et certains sont à peine visibles, tellement ils sont bien dissimulés. Il ne faut pas manquer un seul de ces petits cailloux, sans quoi le lecteur arrive au bout du livre, apprend le nom du tueur, mais n'a rien compris du pourquoi, ni du comment. Il a raté le suspense. Ce lecteur-là n'a qu'à lire des histoires courtes qui n'ont aucun rapport les unes avec les autres, comme, par exemple, les histoires qui se racontent autour des comptoirs de bar. Un client raconte une histoire de fesses, l'autre d'en face une belle histoire de lièvre pris dans un collet tendu la nuit dans une touffe d'ajoncs piquants au milieu de la lande bretonne. Et ce qu'il est important de savoir, c'est que dans le pays, la nuit, ce ne sont pas les hommes qui tendent les collets dans la lande, pas du tout, ce sont les korrigans.

Il n'y a que les gendarmes qui ne croient pas beaucoup aux petits lutins de la nuit. Mais disent rien, sont bons enfants, les gendarmes bretons. De temps en temps, au petit matin, il découvrent un beau gros lièvre allongé, docilement étendu devant leur porte. Alors dame ! hein ! disent rien les gendarmes, cherchent pas le coupable de la pendaison nocturne, restent sans voix, se passent simplement sur le ventre une main de gourmandise.

Si le lendemain un voyageur égaré s'aventure du côté de la gendarmerie pour demander son chemin, il ne peut que s'interroger :

Quelles sont ces effluves divines,
Qui montent à nos narines,
Sinon une odeur de bonne cuisine ?

Peut-il imaginer, ce contribuable si respectueux de la loi, que cette odeur si fine, si délicate, si dense, si belle, si parfumée, si forte, si giboyeuse n'est autre, ma foi, que celle d'un civet qui mijote au fond d'une cocotte, celle d'un lièvre de contrebande, d'un lièvre de la lande ?

Ce contribuable vertueux, qui passe humant, peut-il imaginer un seul instant que c'est là le fumet capiteux d'un brave lièvre impétueux, mort hier étouffé par un collet de korrigan, et aujourd'hui cuisiné à feu doux... en pleine gendarmerie ?

Dans ce beau pays de Bretagne, duchesse Anne, attention ! on braconne. Braves gens, vieux paysans, en vrais petits-fils de chouans, dressons nos faux... et tous ensemble déconnons à nouveau !

Note de l'éditeur

Cher lecteur,

Connaissant bien l'auteur de ce livre, un vieux et vrai Breton, nous avons hésité un instant en lisant ce passage, toute cette tirade de pure déraison : devions-nous demander à l'auteur de le retirer ?

Nous nous sommes interrogés longuement. Censurer ? Au nom de quel principe l'aurions-nous fait ?

Certes, cela retarde l'action et le suspense du livre, mais le lecteur est-il donc si pressé de connaître la suite du récit qu'il ne peut s'attarder un moment à savourer, ne serait-ce qu'en imagination, le fumet savoureux d'un bon civet de lièvre authentiquement breton, ne peut-il s'attarder un moment à déguster quelques mots de haute fantaisie échappés d'une harpe en folie ?

Les auteurs poètes, par conséquent tous un peu fous de mots, sont si rares aujourd'hui que nous préférons finalement continuer à les écouter, à les lire jusqu'au bout, et même jusqu'à la déraison...

L'inspecteur Thobie était donc accoudé au comptoir du bar *Chez Jules* et sirotait, à toutes petites gorgées, son deuxième verre de muscadet, vraiment à toutes petites gorgées pour ne pas aller trop vite. Et il regardait toujours le père Adrien qui continuait à rouler sa cigarette, bossue, tordue, avec peine, avec application. Et Thobie se décida à intervenir.

— Père Adrien, dit-il, sans vouloir vous offenser, vous vous y prenez pas tout à fait comme il faut pour rouler une cigarette.

— Ah oui ? dit le père Adrien, surpris. Ah oui ? Vous savez ça, vous autres dans la police, bien rouler une cigarette ? Ben dites donc ! on vous en apprend, des choses.

— Je vais vous faire voir, dit Thobie tout en allant s'asseoir à la petite table près du père Adrien.

Là, les consommateurs, qui attendaient avec impatience de savoir ce qu'avait bien pu voir le père Adrien vers les une heure du matin, une nuit de la Toussaint, regardèrent tous, avec grande curiosité, cet inspecteur de police qui allait rouler une cigarette de gros gris.

— Père Adrien, dit Thobie, donnez-moi donc votre paquet de tabac et une feuille à cigarette. Regardez. D'abord tenir la feuille comme ça, bien pliée, en V, prendre la quantité de tabac nécessaire, pas moins, pas plus, tasser légèrement et commencer à rouler, à rouler tout tranquillement... pas trop mou... pas trop serré... Faut le temps qu'il faut. Et puis, arrivé là, il n'y a plus qu'à donner le coup de langue final sur la feuille... Voilà, père Adrien ! votre cigarette est roulée.

— Ben vous alors ! dit le bonhomme en rajustant sa casquette et en la mettant encore un peu plus de guingois sur le haut de son crâne. Ben vous alors !

Maintenant Thobie savait que le père Adrien allait tout lui dire de la nuit de la Toussaint. Il fit signe à Jules que le verre de rouge du bonhomme était vide et qu'il était urgent de le remplir.

Le père Adrien tira deux bonnes longues bouffées de sa belle cigarette de gros gris. Se régalait, le bonhomme... était fier. Il y avait longtemps qu'il n'avait pas eu, au coin des lèvres, une cigarette comme ça.

— Ben voilà ! Vers les une heure et demie du matin, donc, la nuit de la Toussaint, je suis sorti de la maison.

— Pour regarder les étoiles ? dit l'un des buveurs d'eau, goguenard.

— Oh toi Auguste ! si tu m'interromps tout le temps, comment veux-tu que je raconte ce que j'ai vu ? Tu veux savoir ce que j'étais sorti faire ? J'étais sorti pisser contre le mur de mon jardin... j'étais sorti faire prendre l'air à ma quéquette, si tu veux tout savoir. Ma quéquette aime ça, pleurer quelques gouttes avant d'aller dormir. Ça la soulage. Dort plus tranquille après. C'est son droit, non ? Moi, je te demande, Auguste, ce que tu fais avec la tienne la nuit ? Tel que je te connais, vicieux comme tu es, tu dois te l'agiter entre deux sommeils...

Thobie avait une grosse envie de rigoler. Jules aussi. Mais tous se taisaient, car ils avaient aussi une grosse envie de savoir ce que le père Adrien avait vu la nuit de la Toussaint. Il y avait des verres qui étaient vides, presque tous, d'ailleurs.

Jules prit la bouteille de blanc d'une main, la bouteille de rouge de l'autre, et passa faire le service dans la salle du bistrot. Finalement, Jules ne demandait pas mieux que le suspense dure encore un peu, deux ou trois heures, par exemple. Ça donnait soif !

— Donc, reprit le père Adrien après avoir tiré une bonne bouffée, j'étais sorti pisser, même si ça en dérange d'aucuns, c'est comme ça... et contre le mur de mon jardin, c'est mon droit. Faut vous dire, inspecteur, que de chez moi, à Kerhel, tout en bas à côté du Blavet, j'ai une sacrée belle vue sur le moulin d'Organ et sur l'auberge du Meunier. Eh bien ! à une heure et demie du matin, il y avait de la lumière là-haut. Situer une lumière dans la nuit, ça, par contre, c'est pas facile. À mon avis, c'était un peu plus bas. Une lumière, là-haut, en pleine nuit à cette saison, ça m'étonnait. En été, je dis pas, le Yves Dréno y vient, mais une nuit de Toussaint... Bref ! j'ai rangé ma quéquette qui avait fini de pleurer et je suis rentré me coucher. Le matin, je regrette beaucoup de le dire, au moins pour certains, je sors vers les neuf heures pour faire la même chose contre le même mur de mon jardin. J'ai quand même le droit de faire pleurer ma gosse quand elle veut, et où elle veut. Toi, l'Auguste, le vicieux, si tu veux, tu peux venir voir. À force, il y a des traces jaunâtres qui ne trompent pas sur le mur de mon jardin.

— Adrien ! tu te rends compte, répliqua Auguste, tu te rends compte, t'as tout simplement réussi à foutre le cholestérol à ton mur. La maladie va se propager de pierre en pierre, de bout en bout...

— T'es sûr ? dit Adrien.

— Sûr... c'est contagieux. Passe chez le maçon de Guéméné lui dire qu'il vienne te faire un crépi bien épais sur tout le mur pour arrêter la maladie.

— Ah bon ! dit le père Adrien. Ah bon ! Désormais j'irai pisser un peu plus loin, au pied du vieux châtaignier.

Thobie et Jules se regardèrent dans un silence éloquent.

— C'est ça, la France profonde, dit Jules à voix basse. Des fois j'en entends de beaucoup plus sévères...

Mais Adrien reprenait son récit.

— Je lève les yeux et j'aperçois là-haut quelque chose qui brille au soleil... quelque chose qui semble accroché dans les branches des arbustes au milieu de la falaise. Ça, j'en suis sûr, c'était pas là la veille... Voilà, c'est tout ! Il y a quelque chose d'accroché qui n'était pas là avant. C'est tout ce que je sais, inspecteur, vous en faites ce que vous voulez. Mais maintenant que j'ai raconté, vous allez me faire voir, encore une fois, comment on roule une cigarette.

— Père Adrien, merci, dit Thobie. Je vais vous rouler, avec plaisir, une autre cigarette, et après j'irai jeter un œil du côté du moulin d'Organ, pour voir ce qui brille accroché au milieu de la falaise. Je crois, père Adrien, que c'est très important, ce que vous venez de raconter. Si je ne vois rien de là-haut, je vais descendre chez vous. Vous habitez où, exactement ?

— Oh ! d'ici, c'est facile : vous passez devant le couvent des bonnes sœurs (Thobie connaissait, y avait prié le matin même), vous continuez tout droit la route qui descend... enfin tout droit, ça zigzague pas mal. Vous traversez le pont sur le Blavet et, aussitôt après la chapelle de Saint-Nicodème, vous prenez la petite route à droite. Le village est à 500 mètres. Il y a quatre maisons. La mienne est la dernière. C'est la seule habitée l'hiver. Les autres sont occupées seulement à la belle saison : préfèrent la ville.

— Vous y serez, père Adrien ?

— Dans une petite demi-heure, le temps que je passe côté patronne, à l'épicerie, m'acheter un bout de fromage, du jambon et je ne sais plus quoi, ça me reviendra devant les rayons.

— Alors peut-être à tout à l'heure si, là-haut du côté de l'auberge, ça ne donne rien.

— De là-haut, reprit le père Adrien, c'est pas dit que vous l'aperceviez. C'est accroché plus bas... à cinq ou six mètres à l'aplomb de la paroi.

— Je vais quand même aller y jeter un coup d'œil.

Thobie paya Jules et lança aux consommateurs :

— Des fois, s'il y a des souvenirs qui vous reviennent sur cette nuit de la Toussaint, n'oubliez pas d'en parler au patron, je passerai de temps en temps ramasser les indices nouveaux.

— On sait jamais ! dit l'un des buveurs d'eau.

Thobie quitta le bistrot de Jules en pensant

qu'il pourrait revenir. On avait l'air d'accepter sa façon de faire son boulot, en y mettant ce qu'il fallait de fantaisie. Il était, comme eux, un Breton, quoi ! Bon vivant, blagueur, convivial.

Thobie se rendit donc une nouvelle fois au moulin d'Organ et à l'auberge du Meunier. Ça faisait la troisième fois qu'il venait fouiner dans le coin à la recherche d'il ne savait trop quoi… le petit détail tombé de la poche de l'assassin… un bouton de veste ou de culotte. Côté victime, une boucle d'oreille, une broche. *Tiens ! au fait,* se dit Thobie, *la femme était tellement nue qu'elle n'avait même pas le plus petit bijou sur elle. On l'a vraiment dépouillée. Elle était vraiment nue.* Mais il fallait reconnaître que le dépouillement avait été fait très humainement, avec une certaine douceur, une certaine courtoisie, puisque la victime ne portait aucune trace de violence… à part, bien sûr, ces égratignures dans le dos, mais il fallait bien la grimper sur le dolmen. De toute façon, à ce moment-là, elle ne sentait plus rien.

Thobie s'approcha du bord de la falaise, en face du moulin et de l'auberge, scruta le précipice sur une longueur d'une cinquantaine de mètres. Rien. Il ne voyait rien, à part, bien entendu, les arbustes rabougris, les touffes d'ajoncs, de bruyère, de ronces, accrochées à la paroi presque verticale. Il fallait descendre à Kerhel, à la maison du père Adrien.

Thobie resta, une nouvelle fois, tout un moment au pied du moulin d'Organ à regarder le paysage. C'était vraiment un paysage et un point de vue remarquables. Plus breton, on n'en fait pas. Un moulin, une auberge, un dolmen, trois menhirs, des landes, des bois, des restes de forêts.

— Bon Dieu, que c'est beau ! jura Thobie.

Il rejoignit sa voiture laissée au bord du chemin, regarda sa montre. Le père Adrien devait être arrivé chez lui, s'il ne s'était pas attardé à boire trop de canons de rouge après son départ du bistrot.

Il passa une fois de plus devant le couvent des nonnes, amorça un signe de croix, puis se retint, par respect. Quelques minutes plus tard, après une suite de virages assez remarquables dans une descente qui ne l'était pas moins, il arriva sur le pont du Blavet. Prenant à droite, donc aussitôt après la chapelle de Saint-Nicodème, comme lui avait dit le père Adrien, il s'engagea sur la petite route qui mène au village de Kerhel.

Il y arrivait presque lorsqu'il reconnut le père Adrien qui pédalait ferme sur son vélo. *Le bonhomme zigzague pas trop,* se dit Thobie.

Il ralentit pour le laisser arriver tranquillement devant chez lui. Le père Adrien mit pied à terre au bout du village, face à l'entrée de la dernière maison. Thobie rangea sa voiture un peu avant et s'approcha à pied.

— Je n'ai rien vu de là-haut, dit-il.

— Ça ne m'étonne pas. On va aller derrière la maison. Vous allez voir la chose.

Les deux hommes traversèrent un jardin et contournèrent la maison.

— C'est vrai que d'ici vous avez une sacrée belle vue sur la falaise d'en face, le moulin et une partie de l'auberge.

— Regardez, inspecteur, le long de la paroi, une dizaine de mètres plus bas que le moulin, à gauche, accroché à une espèce de buisson ! vous voyez ?

Thobie scrutait, essayait de localiser l'endroit.

— Ça y est, père Adrien ! je vois... Qu'est-ce que ça peut bien être ? Vous êtes sûr que ce n'était pas là avant ?

— Sûr, inspecteur ! Voyez-vous, tous les jours je viens là. Je regarde le moulin, la falaise. Et ça depuis des années et des années. Alors, forcément, quand il y a un détail qui change dans le paysage, je le remarque tout de suite. Ce truc-là qui brille quand il y a du soleil n'était pas là avant la Toussaint. Oh ! attendez un peu. Il va y avoir une éclaircie... un peu de patience...

— Faudrait une paire de jumelles, dit Thobie.

— Une paire de jumelles ? Sacrebleu ! mais j'en ai une : la paire de jumelles de mon grand-père. Faut vous dire, inspecteur, que le grand-père en question était un drôle de phénomène. Il est revenu de la guerre 14-18 indemne, avec pour tout bagage une croix de guerre et une paire de jumelles. Il paraît qu'on lui avait donné les deux. La croix de guerre, je veux bien... mais, à mon avis, la paire de jumelles, il l'avait chouravée. Enfin, passons, faut bien au pauvre trouffion de soldat une prime de démobilisation après quatre ans de casse-pipe. Je vais vous la chercher, inspecteur. Bon sang ! j'avais pas pensé à la paire de jumelles du grand-père. Faut vous dire que le machin qui pendouille là-haut ne m'empêche pas de dormir.

Deux minutes plus tard, l'inspecteur Thobie, armé d'une belle paire de jumelles allemandes de 14-18, ayant probablement appartenu à un officier de haut grade, fixait le moulin d'Organ, puis descendait lentement le long de la falaise. L'éclaircie annoncée par le père Adrien était arrivée.

— Ça y est, je l'ai, dit Thobie. Attendez ! je mets le zoom au maximum... Ça m'a tout l'air d'être un vélo. Un vélo resté accroché aux branches d'un pin rabougri, tout décharné, tout tordu. C'est bizarre ! Et ce n'était pas là avant ? Un vélo jeté ou tombé là une nuit de Toussaint... ça mérite d'être examiné de près, de très près...

— Ça ne va pas être bien facile, fit remarquer le père Adrien. D'en bas, c'est guère possible, et d'en haut guère plus.

Thobie n'écoutait pas. Ce vélo, il en faisait son affaire. Pour l'instant, il continuait d'examiner, avec une extrême attention, cette falaise abrupte qui descendait jusqu'au Blavet.

— Il y a plein de trous dans la roche, dit-il.

— Oui, par endroits, répondit le père Adrien, un vrai morceau de gruyère. C'est le refuge des pigeons, des corbeaux et des rapaces aussi, buses, éperviers, hiboux, hulottes. Par moment, à la saison des nids, j'assiste, de mon jardin, à de belles bagarres... Ça crie et ça s'empoigne du bec, et à pleines ailes.

— Je n'en doute pas, dit Thobie, la paire de jumelles toujours collée aux yeux.

En fait, il était intrigué par l'un des trous de la paroi rocheuse, très intrigué. C'était à 5 ou 6 mètres au-dessous du niveau de la surface du promontoire, en plein dans la ligne de mire de l'auberge... un certain trou dans la roche qui ne lui paraissait pas tout à fait naturel.

— Bon ! finit-il par dire. Je vais aller voir les pompiers de Guémené ! En laissant glisser un grappin au bout d'une corde, avec un peu de chance, on doit bien réussir à accrocher le vélo et à le remonter. Peut-être qu'il nous dira d'où il vient, et qui pédalait dessus. Père Adrien, une dernière question. D'où venait la lumière que vous avez aperçue la nuit de la Toussaint vers les une ou deux heures du matin ?

— Ah ça, inspecteur, ah ça, difficile de

répondre ! D'où part exactement une lumière qu'on aperçoit dans la nuit, au loin, en face de vous. Seul un chat pourrait vous répondre. Et encore. En tout cas, c'était plus côté auberge que côté moulin. Je peux rien affirmer... un peu plus bas peut-être...

— Ça me suffit comme réponse, dit Thobie.

L'inspecteur croyait savoir d'où elle venait très exactement, cette lumière. Il était grand temps d'aller faire un tour dans cette auberge du Meunier. Elle devait receler quelques secrets.

Une bonne paire de jumelles, ça aide quand même, pensait Thobie, en la rendant au père Adrien. Faudrait qu'il s'en fasse offrir une paire par le commissaire Le Garec. Observer les suspects de loin, sans se faire remarquer... une idée, non ?

— Vous êtes sûr de ne plus en avoir besoin, dit le père Adrien ? Vous pouvez la garder plusieurs jours. Ça ne me dérange pas. Si ça peut vous rendre service. Il y a bien vingt ans que les jumelles n'étaient pas sorties de leur tiroir. Alors ?

— Après tout, je veux bien, dit Thobie.

Et sur ce, il prit congé du père Adrien, en refusant pour une fois le petit coup de blanc que voulait lui offrir celui-ci. On ne sait jamais, si ce soir il y avait un contrôle impromptu de la consommation journalière du chauffeur.

— Quand je viendrai vous rapporter la paire de jumelles du grand-père, dit Thobie, en voyant le père Adrien légèrement déçu.

Le coup du vélo accroché aux branches, le long de la falaise, et qui n'était pas là avant la Toussaint, n'allait pas tarder à être un sujet de conversation autour du comptoir de *Chez*

Jules. Le père Adrien était fort capable de remonter à Languidic pour raconter l'histoire.

Il n'y avait donc pas de temps à perdre pour le récupérer, pensait l'inspecteur Thobie en quittant le hameau de Kerhel. Un habitant du coin n'ayant pas la conscience parfaitement tranquille pourrait lui couper l'herbe sous le pied.

Il prit donc la direction de Guéméné pour aller trouver les sapeurs-pompiers, leur raconter l'histoire et ce qu'il attendait d'eux : un grappin au bout d'une corde. Et peut-être finir par être obligé de descendre un pompier en rappel le long de la falaise.

Une heure plus tard, trois hommes du feu, de l'eau et de toutes les catastrophes naturelles et artificielles étaient à pied d'œuvre. En passant par le bourg de Languidic, ils avaient peut-être manqué de discrétion, les pompiers. Ils avaient déclenché leur sirène comme s'il y avait urgence absolue. Finalement, Thobie qui suivait, seul dans sa voiture, n'était pas mécontent de cette arrivée bruyante, un peu excessive. Ça allait faire jaser les gens du pays, les faire s'interroger, supposer un tas de choses, jusqu'à se soupçonner les uns les autres, sans oublier de médire, mais aussi, et surtout, commencer à inquiéter sérieusement celui, celle, ou ceux qui avaient mis en scène la macabre comédie du dolmen.

Arrivé sur place, Thobie indiqua aux pompiers à la verticale de quel endroit précis se trouvait le vélo.

Seulement il y avait un problème. De là-haut, on avait beau s'approcher tout près du bord de la falaise, on ne voyait pas le vélo. Dans ces conditions, laisser tomber le grappin au bout d'une corde, c'était un peu comme vouloir pêcher une truite avec un gros hameçon à trois branches... il manquait les appâts. Pas d'autre solution que de faire descendre un homme en rappel.

— Un peu d'alpinisme n'est pas de refus, dit l'un des pompiers, d'une trentaine d'années et qui avait tout l'air d'être bien musclé pour ce genre d'exercice.

Oui, d'accord ! mais où fixer les cordes ? Le moulin était à une vingtaine de mètres. L'auberge du Meunier, elle, était trop à droite. Finalement on amena le camion rouge à quatre mètres du bord du précipice. On y fixa solidement les deux cordes. Le pompier alpiniste se harnachait déjà, manifestement content de l'exercice sportif qui lui était offert. Oh ! il ne mit pas bien longtemps à repérer le vélo.

— Donnez du mou ! cria-t-il, encore trois mètres et j'arrive dessus. C'est un vélo de femme pris dans une branche de pin. Je vais le dégager. Envoyez la corde avec le grappin. Je vous crierai quand vous pourrez tirer pour le remonter.

La manœuvre se déroula sans la moindre anicroche. Une demi-heure plus tard, pompier et vélo étaient sur la terre ferme, au pied du camion.

— C'est une bonne bicyclette de femme, dit le lieutenant des pompiers. On ne balance pas un vélo comme ça dans le vide sans avoir une sacrée raison. Ça veut dire quoi ?

— Pas vrai ! dit Thobie qui examinait le vélo avec minutie. C'est pas vrai ? Ah ça alors !... le coup de chance.

— Qu'est-ce qu'il y a, inspecteur ?

— Le nom du propriétaire du vélo. Regardez la plaque cachée et fixée sous la selle. Les amis, c'est un détail - et un sacré détail - qui a échappé à celui qui a balancé la bicyclette dans le vide. Le con ! Nous offrir un indice pareil...

Et déjà il s'employait à détacher la plaque.

Une fois qu'il l'eut en main, il la lut et, sans plus de commentaire, la mit dans sa poche. Les pompiers en furent pour leurs frais. Il n'eurent pas le droit de savoir. Un peu déçus, ils pensèrent que l'inspecteur devait avoir ses raisons.

— Qu'est-ce qu'on fait du vélo ? demandèrent les pompiers.

— Je m'en charge, dit Thobie. Je m'en charge. On démonte la roue avant et on le case dans le coffre de ma voiture. Il y a sans doute des empreintes qui pourraient m'intéresser.

L'opération fut rapidement expédiée.

— Eh ! les gars ! je vous offre un pot, dit Thobie. Mais pas à Languidic. Ils sont trop curieux, veulent tout savoir, mais ne rien dire : je vais les laisser mariner dans leur jus, méritent une leçon. Tenez ! Regardez là-bas, devant la grange, à l'entrée du bourg. Vous allez voir, je vais les faire déguerpir comme des lapins.

Thobie s'avança sur le terre-plein, bien en vue, prit la paire de jumelles allemandes 14-18 du père Adrien et se mit à observer le groupe de curieux. En moins d'une minute ceux-ci avaient disparu comme par enchantement.

— Vous croyez que l'assassin de la femme du dolmen est du coin ? demanda le lieutenant des pompiers.

— J'en suis sûr, répondit Thobie.

Le vélo casé dans sa voiture, l'inspecteur fit signe aux pompiers de le suivre. Ils iraient boire le pot de l'amitié à cinq kilomètres de là, à Quelneuc.

Ils retraversèrent le centre du bourg, sans sirène cette fois, et pas trop vite, le temps de voir des rideaux bouger aux fenêtres, le long de leur passage.

Pas mécontent du tout, le Thobie ! En fait, il jubilait.

Chapitre VI

Il était sept heures du soir lorsque Thobie arriva au bureau de la PJ de Vannes, avec le vélo dans le coffre de sa voiture. Le commissaire Le Garec, lui, était rentré depuis deux bonnes heures de la ferme du pendu et attendait son inspecteur pour faire le point, comme il avait été convenu.

— Déjà rentré, commissaire ! dit Thobie. Pas trop pénible de décrocher le jambon ? Mais, au fait, qu'avait-il donc de si particulier, ce pendu des environs de Ploermel, pour que les gendarmes n'osassent pas couper le cordon ombilical qui le reliait à la poutre du hangar ?

— Ce con ! répondit Le Garec. Ce con ! – il n'y a pas de mot plus convenable – s'est sans doute aperçu trop tard, en se laissant tomber dans le vide, qu'il était en train de commettre la plus grosse bêtise de sa vie. Alors, à la dernière seconde, il a eu un réflexe, on ne peut plus naturel et instinctif : il a porté les mains à son cou. Et il a réussi tout bêtement à se coincer l'index de la main gauche dans le nœud coulant. Cela a dû lui prolonger la vie d'une minute ou deux, le dernier suspense... Mais, bon Dieu ! que ça ne lui donnait pas l'air intelligent, un bras en l'air, un bras pendant le long du corps. Je comprends que les gendarmes se soient posé des questions devant cette pantomime. Je pense que, pendu à une branche de baobab, au milieu de la brousse africaine, chacals et hyènes se seraient férocement battus avant de festoyer d'un mets aussi parfumé. Si je devais me suicider, je ne choisirais certainement pas la pendaison...

Thobie réfléchit un instant.

— Eh bien moi, si j'en arrivais à mettre fin à mes jours – supposition toute gratuite, sans le moindre espoir de réalisation, je le précise –, je crois, commissaire, que finalement j'opterais pour le hara-kiri... mais attention ! pas n'importe comment, ni n'importe où : à Paris, au beau milieu de la place du Tertre, devant la basilique du Sacré-Cœur, et un 15 août, à la sortie de la grand-messe. Là, je m'ouvrirais le ventre de bas en haut, lentement, obstinément, consciencieusement, avec un poignard de samouraï. Vous verriez, commissaire, tous les touristes japonais qui se précipitent pour prendre les plus belles photos de leur vie, en Fujicolor, des tripes sanguinolentes qui s'échappent par saccades du ventre d'un Breton bretonnant... long labyrinthe d'un alambic qui a distillé moult et moult bonnes barriques de muscadet... du jamais vu au Japon où, les pauvres, dans leur petit ventre jaune et bridé ils n'ont vu passer, et rapidement, qu'un alcool de riz plus ou moins frelaté, un saké de basse cuvée...

Le commissaire Le Garec, une étincelle rigolarde au coin de l'œil, avait posé les deux coudes sur son bureau, s'était pris la tête entre les mains et attendait avec une feinte résignation que son adjoint sortît de son délire.

Thobie s'était tu. Il regardait son supérieur accablé.

— Au fait, Thobie, dit Le Garec, sortant soudain d'une méditation profonde, presque d'outre-tombe, au fait, inspecteur, ne m'avez-vous pas dit que vous iriez interroger les moines, là-haut, au monastère de Locmaria, sur la route de Languidic, vérifier si l'un ne manquait pas à l'appel du matin, n'avait pas fait le mur durant la nuit de la Toussaint ? Après tout, le monastère n'est qu'à une encablure du dolmen. Qu'est-ce que ça a donné ?

— Rien, commissaire !

— Rien ? Thobie, c'est un peu court comme réponse. Avez-vous, au moins, été bien accueilli ?

— Oh, pour ça, très bien !

— Eh bien alors ?

— Mais alors rien, commissaire...

— Thobie ! Crachez le morceau. Quelque chose a cloché et semble vous peser lourdement sur la conscience.

— Oh oui, commissaire... vous ne pensez pas si bien dire... lourdement... très lourdement...

— C'est-à-dire ?

— Eh bien ! Eh bien, commissaire ! Le frère portier qui est venu m'ouvrir après que j'eus tiré trois fois sur la chaîne de la cloche à l'entrée du monastère était...

— Était qui, Thobie ? Parlez !

— Il s'était déguisé en bonne sœur. Là-haut, c'est un couvent de nonnes... par Jésus-Christ, notre Seigneur...

Le Garec avait jailli de son fauteuil, pris d'un fou rire, comment dit-on ? incoercible, inextinguible, énorme, sonore, jusqu'à en devenir hoqueteux... tellement que le commissaire porta les mains à son ventre pour essayer d'apaiser ses tripes, qui commençaient à rigoler douloureusement.

— Un couvent de bonnes sœurs ! Mon pauvre Thobie, finit-il par articuler, un caravansérail de moinesses ! Et un loup qui s'introduit dans la bergerie.

— Il y avait tout de même un homme, fit remarquer Thobie, voulant sauver l'honneur, un vieux chapelain un peu sourdingue.

— Ah bon ! dit Le Garec. Il y a quand même un coq dans le poulailler.

— Rassurez-vous, commissaire. Il y en a plusieurs. Très exactement un coq pour dix poules. C'est la règle monastique, dit Thobie.

— Quoi ? reprit Le Garec. Et il y a combien de poules ?

— Une centaine.

— Thobie, là-haut, il y a dix hommes pour cent femmes ? Mais c'est du proxénétisme !

Thobie, sous la contrainte, raconta donc par le menu sa visite au monastère de Locmaria, devant un commissaire rigolard. Le récit – plutôt humoristique – terminé, Le Garec dit à son adjoint :

— Thobie, j'aimerais quand même bien voir une nonne, en longue robe noire, coiffée d'une jolie cornette blanche, emmenant une chèvre au bouc au fond de l'enclos. Elle doit tout de même avoir de belles pensées lubriques en assistant à la consommation du mariage impromptu, en somme en tenant la chandelle, et en surveillant le bon déroulement de cette union fougueuse et cornue... car il y a du diable là-dedans...

— Bah ! dit Thobie, quand le péché de chair est consommé pour une juste cause, la bonne sœur heureuse et satisfaite ramène bouc et chèvre, et tous les trois vont se confesser au chapelain qui absout. Ô, fils cornu et fornicateur ! Ô, filles pécheresses ! Maintenant faites pénitence !

— Inspecteur Thobie, intervint Le Garec, comment faites-vous en pleine enquête policière pour vous lancer dans des méditations de cette sorte alors que nous avons sur les bras un cadavre de femme qui ne demandait pas à mourir, surtout de cette manière ?

— Mais, commissaire, je n'admets pas la mort de cette femme, de cette Rosen. Je mène mon enquête, sans doute d'une façon qui peut vous sembler bizarre, décousue, incongrue, mais je recueille pas à pas, patiemment, des indices, par des chemins peut-être un peu trop personnels, j'en conviens. Ainsi (et Thobie mit la main à sa poche et sortit la plaque du vélo tombé, ou plus vraisemblablement jeté du haut de la falaise d'Organ), ainsi, j'ai recueilli cet après-midi un indice qui me paraît important.

Il tendit la plaque au commissaire Le Garec et raconta son après-midi avec le père Adrien et les pompiers de Guéméné.

— J'ai le vélo dans le coffre de ma voiture. Un vélo en parfait état. Un vélo de femme. Et j'ai la conviction que celui ou celle qui l'a jeté du haut de la falaise ne savait pas qu'il y avait cette plaque dissimulée sous la selle :

Mme Le Coz
Hôtel de France
Pontivy

— On cherche le numéro dans l'annuaire et on passe un coup de fil ? proposa Le Garec.

— Moi, commissaire, dit Thobie, je serais plutôt d'avis d'y faire un saut demain matin.

— Vous avez raison, inspecteur. Le téléphone c'est pratique, rapide, mais on ne voit pas les visages... la réaction des visages... Nous y ferons un saut demain matin.

— Au fait, commissaire, j'oubliais de vous dire. Pendant que je visitais le monastère, enfin seulement une partie du monastère – je n'ai pas eu le plaisir de visiter les chambrettes des bonnes sœurs –, donc pendant que je visitais, avec pour seul guide le vieux chapelain un peu dur de la feuille, la sœur tourière m'a préparé un joli carton de gourmandises.

— La sœur tourière ? dit Le Garec qui, manifestement, ignorait certaines appellations monastiques.

— Ben oui, commissaire ! La sœur "portière" si vous préférez, celle qui monte la garde sur la tour, on l'appelle sœur tourière. "Anne, ma sœur Anne, ne vois-tu rien venir ?"

Assez perplexe était le commissaire... avait du mal à suivre les méandres des pensées de son inspecteur.

— Je débarque le vélo pour les gars du labo, au cas où il y aurait des empreintes intéressantes, et on se partage le colis.

— D'accord ! dit Le Garec, légèrement déphasé. On descend. D'ailleurs il est plus que temps de rentrer à la maison. Une fois de plus nous sommes les derniers à déserter les bureaux. Qu'est-ce qu'il y a de bon dans votre colis de nonnes ?

— Du fromage de chèvre.

— Évidemment, de chèvre, mais encore ?

— Une terrine de pâté de lapin aux marrons, des confitures, un pot de miel et je ne sais trop quoi encore, j'ai pas fait l'inventaire complet.

— C'est bien beau, ça, inspecteur, mais vous nous voyez, tous les deux, dans la cour de la PJ, en train de nous partager un pot de miel ? C'est le planton de service qui nous regarderait, plutôt étonné de nous voir nous lécher les doigts après les avoir trempés dans le miel des bonnes sœurs. À mon avis, il n'y a qu'à prévoir un casse-croûte chez vous, un de ces jours vers les dix heures du matin... réunion secrète pour partager des informations confidentielles, par exemple...

— Par exemple ! dit Thobie.

— Ça faisait quand même un bout de temps

que vous n'aviez pas rapporté de vos enquêtes très particulières un petit quelque chose à nous mettre sous la dent. Je me souviens encore de certaines vieilles bouteilles de bordeaux offertes par une jolie châtelaine, d'un grand sac plastique rempli de champignons, etc., etc.

— Figurez-vous, commissaire, dit Thobie qui descendait l'escalier derrière son supérieur, figurez-vous que j'ai failli rapporter de belles châtaignes, il y a deux jours. Du côté de l'auberge du Meunier, le long d'un sentier, il y a trois superbes châtaigniers qui doivent bien avoir une quarantaine d'années. Le sol était jonché de grosses bogues vertes et piquantes. À croire que, là-haut, les gens du pays ne les ramassent pas. Je n'avais pas de gants, ni de sac plastique avec moi. Mais c'était trop tentant. Je ne pouvais pas résister. J'allais, au moins, m'en remplir les poches. Donc, je me suis mis à ouvrir les bogues en les faisant rouler sous la semelle de mes chaussures. Et puis, à un moment donné, j'ai entendu un bruit audessus de moi. J'ai levé la tête. C'était un écureuil perché sur l'une des plus hautes branches, et qui épluchait très consciencieusement une châtaigne et me laissait tomber les épluchures sur la tête. Je l'ai regardé. Il s'est arrêté de grignoter. Il m'a regardé à son tour, impassible, la queue en l'air. Et j'ai eu comme l'impression qu'il me narguait, et même qu'il se foutait carrément de moi. J'ai cru l'entendre qui me disait : “Tu t'y prends comme un pied, pauvre couillon !” Forcément je m'y prenais comme un pied, puisque j'ouvrais les bogues piquantes avec mes chaussures. Alors, commissaire, un peu vexé, un peu honteux aussi de voler leur nourriture aux écureuils, j'ai arrêté ma cueillette, j'ai même vidé mes poches. Pourtant elles étaient belles, les châtaignes, commissaire !

— Tant pis pour les châtaignes grillées que nous ne mangerons pas, en buvant une bouteille de cidre bouché ! Tant pis !

Les deux hommes hilares se quittèrent sur ce regret gastronomique... à cause d'un écureuil.

Mercredi 3 novembre, jour des révélations

Chapitre VII

Le lendemain, donc le mercredi 3 novembre, surlendemain de la découverte de la femme rousse du dolmen d'Organ, commissaire et inspecteur se retrouvèrent dès huit heures du matin aux bureaux de la PJ.

Une demi-heure plus tard ils prenaient la route de Pontivy pour aller interroger Mme Le Coz, à l'hôtel de France, au sujet de son vélo. Quelle explication allaient-ils recevoir ? Vélo volé ? Le Garec et Thobie en discutaient. Comme prévu, ensuite, ils iraient perquisitionner l'auberge du Meunier.

C'était Thobie qui conduisait, quand, tout à coup, sans prévenir, en pleine ligne droite, il freina à mort. Les pneus crissèrent sur la chaussée. Une fumée bleue devait s'en échapper. De la gomme allait sûrement rester collée à la route.

— Qu'est-ce qui vous prend, Thobie ? cria Le Garec ahuri. Vous êtes fou. Il n'y a rien devant nous. Si je n'avais pas mis la ceinture je passais à travers le pare-brise.

Thobie avait stoppé la voiture au milieu de la route.

— Vous n'avez rien vu, commissaire ?

— Non, rien, inspecteur ! Et il n'y a rien.

Thobie fit marche arrière, recula la voiture de trois mètres.

— Regardez, commissaire ! Vous voyez, là, à

droite, le hérisson qui finit de traverser la chaussée. J'ai failli l'écraser. J'ai failli commettre un meurtre.

Le Garec, sans voix, légèrement hébété, regardait le hérisson qui atteignait tranquillement la banquette herbeuse de la route, sa zone de sécurité. Le commissaire se retourna vers son adjoint, ne trouvant toujours rien à lui dire.

— Je me demande, continua Thobie qui n'ignorait pas la tête que faisait son supérieur à cet instant précis, je me demande (il avait les yeux toujours fixés sur l'animal) si c'est un hérisson à nez de chien ou à nez de cochon ?

— Parce qu'il y a plusieurs espèces de hérissons ? demanda bêtement Le Garec.

— Oui, dit Thobie très docte. Et ce sont, de loin, les hérissons à nez de cochon qui sont les meilleurs...

— Inspecteur ! parce qu'en plus vous mangez du hérisson ?

— Pas vous, commissaire ? Bien sûr, il faut d'abord retirer les piquants. C'est comme pour les arêtes de hareng et les moustaches des langoustines.

Et Thobie éclata de rire devant son commissaire qui, vu son air, s'interrogeait très manifestement sur l'état de santé mentale de son adjoint. Finalement, Le Garec prit le parti d'en rire, lui aussi, sans aucune retenue.

— Ah vous, alors ! finit-il par articuler, en essuyant de grosses larmes qui perlaient à ses yeux. Ah vous, alors ! Manger du hérisson à nez de cochon... retirer les piquants comme pour les harengs et les langoustines... Thobie, à quel âge vous déciderez-vous à devenir sérieux ?

— J'espère bien jamais ! répondit ce dernier. Jamais ! Car alors je vivrais dans une telle tristesse que je finirais par me faire hara-kiri.

Thobie remit le moteur en marche et reprit la route vers Pontivy.

Dans la voiture il y avait comme un air de gaieté qui flottait autour des deux policiers. Et pourtant ils enquêtaient sur une affaire criminelle. Par moments, le commissaire Le Garec, qui faisait des efforts méritoires pour retrouver son sérieux, ne pouvait réprimer de petites secousses de rire, en pensant au hérisson, aux harengs et aux moustaches des langoustines. Sacré Thobie !

Arrivés à Pontivy, ils se renseignèrent sur l'adresse exacte de l'hôtel de France. « Facile ! dit un quidam breton, c'est tout droit, avenue du Général-de-Gaulle, plein centre ville, avec juste en face un grand parking. *Kenavo !* »

Les deux policiers avaient décidé d'être prudents, surtout Thobie, qui n'avait pas encore bien digéré la crise cardiaque d'Yves Dréno. Les massages cardiaques n'étaient pas son fort. En fait, à ce moment crucial, il avait complètement oublié la technique du bouche-à-bouche. Ah ! s'il s'était agi d'une jolie fille, peut-être s'en serait-il souvenu ? Donc Thobie, plutôt rondouillard, se fit tout petit derrière son chef plutôt haut et sec... une sorte de hareng-saur, quoi ! Ce couple de policiers ne pouvait passer inaperçu. Il avait comme un air de ressemblance avec un couple espagnol célèbre : Don Quichotte et Sancho Pança... En pleine Bretagne profonde cela se remarque !

Ainsi, c'est Le Garec qui poussa la porte de l'hôtel. Quelques clients étaient assis au fond d'une salle, côté bar, devant des cafés crèmes-croissants. *Pas matinaux,* pensa le commissaire, *restés les pieds entortillés dans le drap de lit... grasse matinée...* Côté réception, une femme était assise derrière un bureau, pur style breton, et la dame semblait occupée à faire des additions. Elle tapait avec application sur les touches minuscules d'une petite machine à calculer. Le Garec s'approcha avec Thobie sur ses talons.

— Madame Le Coz, sans doute ? dit Le Garec.

— Mais oui, monsieur, elle-même.

— Vous êtes la propriétaire de l'hôtel ?

— Oui, répondit la femme, légèrement intriguée... oui, enfin, avec mon mari.

— Enchanté, madame, commissaire Le Garec et voici mon adjoint, l'inspecteur Thobie, brigade criminelle de Vannes.

Mme Le Coz, belle plante à chevelure blonde et bouclée, entre quarantaine et cinquantaine, d'admirables grands yeux noirs, une bouche sensuelle, des lèvres charnues dessinées avec art et vivement colorées par la magie d'un bâton de rouge entre corail, cerise et géranium, Mme Le Coz restait bouche bée. Un commissaire et un inspecteur de police criminelle, chez elle !

— Qu'est-ce qui me vaut l'honneur ? finit-elle par articuler après ce court instant de surprise, restant toujours clouée sur sa chaise, tant les mots pourtant simples de « brigade criminelle » la mettaient en état de choc.

En fait, elle pensait : *Quel crime a bien pu commettre mon mari ?*

— Rassurez-vous, madame, dit Le Garec sur un ton bon enfant, rassurez-vous, c'est une simple histoire de vélo.

Thobie sortit la plaque de sa poche.

— Cette plaque, à vos nom et adresse, reprit Le Garec, était fixée sous la selle d'un vélo qu'on a retrouvé à mi-pente d'une falaise dominant le Blavet.

— Mon Dieu ! Oh mon Dieu ! dit Mme Le Coz en portant les mains à son visage... mon Dieu ! qu'est-il arrivé à Rosen ?

Commissaire et inspecteur se regardèrent avec étonnement, pas très sûrs d'avoir bien compris. Mme Le Coz connaissait Rosen ?

— Au fait, dit-elle, il est plus de neuf heures. D'habitude Rosen se lève assez tôt. Attendez, messieurs, je sonne à sa chambre.

Le Garec et Thobie, comprenant de moins en moins, laissèrent l'hôtelière se diriger vers le standard. Ils restaient muets. Se pouvait-il que Rosen eût logé à l'hôtel ? Mme Le Coz avait décroché le téléphone intérieur et appelait la chambre.

— Ça ne répond pas, dit-elle, après avoir insisté une bonne minute. C'est curieux !

Pour les deux policiers, qui commençaient à entrevoir la vérité, c'est le contraire qui eût été plus que curieux.

— Allons voir, madame, dit Le Garec. Naturellement vous avez un passe ?

— Bien entendu ! dit Mme Le Coz. Montons ! Je ne comprends pas.

Le Garec et Thobie suivirent l'hôtelière dans l'escalier. Les marches, recouvertes d'un épais tapis, étouffaient les pas. C'était au premier, chambre 14, au fond du couloir, à gauche.

— Madame Le Coz, demanda Le Garec, quand avez-vous vu Rosen pour la dernière fois ?

— Dimanche matin, vers les 9 heures. Je lui avais prêté mon vélo. Elle s'en allait en promenade pour la journée, passer dire bonjour à une ancienne amie et revoir dolmens et menhirs.

— Madame Le Coz, intervint Thobie, qui trouvait tout de même que l'hôtelière n'avait guère souci de ses clients, madame Le Coz, nous sommes mercredi matin 3 novembre, vous n'avez pas vu Rosen depuis dimanche matin 31 octobre, et cela ne vous a pas inquiétée ? La femme a passé trois jours et trois nuits dehors, et vous n'avez alerté personne ?

— Attendez, inspecteur, que je vous explique, répliqua Mme Le Coz. Mon mari et moi sommes originaires de Saint-Malo. À la Toussaint, nous fermons toujours l'hôtel pendant deux ou trois jours, selon les années, et nous allons fleurir la tombe de nos parents et voir la famille. Une sorte de tradition. Nous en avions évidemment averti les clients. Le restaurant et le bar seraient fermés depuis le dimanche midi jusqu'à ce matin. Pour ceux qui désiraient garder leur chambre, nous leur avions donné une clé pour la porte de l'hôtel, mais en les avisant bien que leur chambre ne serait pas faite pendant ces trois jours... à eux d'accepter de rester ou de partir. Nous avions Rosen et trois couples d'un certain âge. Tous ont voulu rester. “À la maison nous faisons bien nos lits, nous en ferons autant ici, voilà tout”, ont-ils répondu. Bien entendu, le prix de la chambre devait être moins élevé. Mon mari et moi sommes revenus de Saint-Malo tard hier soir. Nous ne nous sommes pas préoccupés de nos clients, qui devaient être couchés. Donc l'hôtel rouvre ce matin.

— Compris, madame, dit le commissaire.

Mme Le Coz frappa à la porte. “Rosen ! Rosen !” appela-t-elle.

Pas de réponse. Elle se tourna vers les deux policiers. Une inquiétude voisine de la peur se lisait dans ses yeux.

— Ouvrez ! dit simplement Le Garec.

Mme Le Coz introduisit la clé dans la serrure, poussa la porte et entra, les deux hommes sur ses talons.

Personne ! Il n'y avait personne dans la chambre. Le lit n'était pas défait. Une valise bleue était posée sur une petite banquette porte-bagages. Un livre sur la table de chevet. Une chemise de nuit noire, pliée avec soin, dépassait de dessous l'oreiller. Côté salle de bains : une trousse de toilette sur l'étagère de verre... crème de beauté, flacon de parfum, brosse, peigne, etc.

— Je ne comprends pas, je ne comprends pas, répétait sans cesse Mme Le Coz qui s'était assise sur le bord du lit et regardait les deux policiers. Qu'est-ce que cela veut dire ?

Thobie, lui, voulait une confirmation. La Rosen de l'hôtel et celle du dolmen ne faisaient-elles qu'une seule et même femme ? C'était presque certain, mais il voulait en être sûr. C'est pourquoi il posa cette question :

— Votre cliente a-t-elle les cheveux roux ?

— Oh pour ça oui ! répondit Mme Le Coz... les cheveux d'un roux splendide, même qu'après le dîner, le premier soir, je n'ai pu m'empêcher de lui demander quel coloris elle avait choisi pour se faire teindre ainsi. "Mais ils sont couleur naturelle, m'a-t-elle répondu en souriant. Je suis une rousse authentique, qui a failli brûler à la naissance." Nous avons ri ensemble. Elle était belle, enjouée, sympathique et ayant, semble-t-il, de l'humour à revendre.

— Madame Le Coz, intervint le commissaire Le Garec, est-il possible que vous n'ayez pas entendu parler de la femme du dolmen d'Organ ?

— Bien sûr que j'en ai entendu parler à Saint-Malo... Pourquoi ?

Le Garec et Thobie se regardaient. Manifestement l'hôtelière n'avait pas encore fait le rapprochement entre sa cliente et la femme étendue morte là-haut, près de l'auberge du Meunier. Il est vrai que les journaux n'avaient pas publié de photos et qu'ils n'avaient fait aucune allusion à la couleur des cheveux. Les journalistes font souvent abstraction de détails qu'ils considèrent comme sans importance, alors que les policiers, au contraire, s'attachent à tous les petits riens... aux cheveux... aux ongles des victimes, soignés ou pas... etc.

Thobie avait jusqu'ici hésité à sortir la photo de sa poche. Provoquer des crises cardiaques, n'aimait pas ça, le Thobie. Pourtant, fallait bien. Il présenta le petit bristol à Mme Le Coz.

— Voici une photo de la femme du dolmen, dit-il, à mi-voix, comme pour atténuer un choc éventuel trop fort.

L'hôtelière prit la photo.

— Rosen, balbutia-t-elle, Rosen est la femme du dolmen... Mais que lui est-il arrivé ? Elle était trop belle. Un crime de sadique. Elle a été violée, puis tuée...

— Non, madame, dit Le Garec. Elle n'a pas été violée. Apparemment ce n'est pas un crime de sadique.

— Mais quoi, alors, quoi ? articula, Mme Le Coz. (Ses lèvres tremblaient, et des larmes commençaient à couler de ses yeux.) Mais pourquoi ?...

— C'est justement pour ça, madame, que nous sommes venus vous voir, dit Le Garec, pour essayer de comprendre ensemble. Et d'abord qui est Rosen ?

— Une cliente... une simple cliente, répondit Mme Le Coz. Elle est arrivée il y a huit jours, mercredi soir. Elle désirait une chambre tranquille. La chambre 14 donne sur le jardin, comme vous pouvez voir. C'est l'une des plus calmes de l'hôtel.

— Vous la connaissiez ? demanda Thobie.

— Pas du tout ! répondit Mme Le Coz, en s'essuyant les yeux avec son mouchoir. Pas du tout ! C'était la première fois qu'elle descendait chez nous. Elle était arrivée de Paris par le train du soir. Elle pensait rester une dizaine de jours. À cette saison, les clients ne se bousculent pas. Je l'ai accueillie avec plaisir, d'autant qu'elle était très simple, et encore une fois très ouverte, très sympathique.

— Vous avez noté son nom ?

— Bien sûr, commissaire, je le lui ai demandé. Mais c'était l'heure où côté restaurant il y avait pas mal de bruit. Un groupe de jeunes était venu dîner pour fêter je ne sais quel anniversaire. Elle m'a dit son nom. Je n'ai retenu que le prénom, Rosen. Le nom, lui, s'est perdu dans le brouhaha général. Je me rappelle lui avoir dit : "Rosen, quel joli prénom breton !" Vous savez, commissaire, nous ne sommes plus astreints à faire remplir des fiches à nos clients, et cela depuis une dizaine d'années. Après tout, on n'a pas besoin de savoir si ce sont de vrais ou de faux couples qui viennent passer une nuit ou deux chez nous. Alors, ma foi, je me suis contentée simplement de Rosen. Ça me suffisait. Rosen, pour une belle rousse, on ne pouvait guère mieux choisir.

Les deux policiers semblaient du même avis sur le choix du prénom. Mais ils avaient du mal à cacher leur déception. Ils étaient venus chercher un nom, une adresse... ils devaient se contenter d'un prénom... même joli, ça ne les avançait guère.

— Reste à espérer que le contenu de la valise nous renseigne sur son identité, une quittance, une facture, une carte de crédit... Ouvrons-la ! dit Thobie.

Il prit la valise et la posa sur la couverture au pied du lit. Il manœuvra les deux languettes de fermeture, de chaque côté de la poignée.

— Elle n'est pas fermée à clé, dit-il.

Thobie n'aimait guère mettre ses grosses pattes de policier curieux et même un tantinet fouineur dans ces petites choses féminines dont la valise était remplie... lingerie fine... dessous brodés... Mais fallait bien ! Pris d'un scrupule, il se tourna vers Mme Le Coz.

— Madame ! s'il vous plaît, sortez-nous donc tout ça sur le lit.

— Oui, bien sûr, dit Mme Le Coz qui avait compris la gêne de l'inspecteur.

Tout était rangé avec soin dans la valise. L'hôtelière sortit chaque chose et classa par catégorie sur le lit corsages, jupes, tricots, sous-vêtements.

Thobie remarqua, *in petto*, que ces derniers étaient tous brodés de fines dentelles, et étaient tous noirs. Sur une peau blanche parsemée de petites taches de rousseur, ce devait être coquin. Thobie faillit rougir d'avoir eu une telle pensée.

— Madame, ce qui nous intéresse, dit le commissaire, c'est de savoir s'il y a des étiquettes indiquant la provenance de ces vêtements. Cela pourrait nous donner une piste pour l'identification de cette Rosen.

— Vous voulez dire le nom des magasins où ils ont été achetés ? dit Mme Le Coz.

— Oui, c'est ça ! confirma Le Garec.

L'hôtelière vérifia, trouva trois étiquettes et lut à haute voix « Galeries Lafayette, Paris ; Printemps ; Inès de La Fressange, rue Saint-Honoré ».

— C'est déjà ça, dit Thobie. Mais, dans ces magasins, tellement de clients passent chaque jour qu'il y a fort peu de chances qu'un vendeur ou une vendeuse se souvienne d'une cliente en particulier et connaisse son nom. Cela nous confirme simplement que Rosen habitait Paris ou sa proche banlieue.

— Regardons maintenant dans les compartiments et les poches de la valise, dit Le Garec.

Et là, l'inspecteur Thobie n'avait plus aucun scrupule pour opérer lui-même, sans l'aide de quiconque.

— Ah ! une enveloppe. Des billets de banque, dit-il.

Il les sortit, les compta... : 1 000 francs. Dans un compartiment, des clés, probablement celles de la porte d'entrée d'un appartement. Plus intéressant, un billet SNCF, un aller-retour Paris-Pontivy.

— C'est tout, et c'est peu, remarqua l'inspecteur. Les gens honnêtes n'ont pas d'histoire.

— Reste à vous remercier, madame Le Coz, dit Le Garec. Vous allez tout de même pouvoir être payée pour le séjour de Rosen chez vous.

— Ah non ! protesta vivement l'hôtelière. Non, pas ça ! Je ne veux pas d'argent d'une morte.

— Prenez au moins l'argent qui vous est dû pour les repas et les deux premières nuits que la cliente a passées chez vous. C'est tout à fait normal. J'insiste, madame. Inspecteur, rangez tout dans la valise. Nous allons l'emporter, au cas où un membre de la famille viendrait nous la réclamer. Pendant ce temps-là, Mme Le Coz va me faire la note de Rosen. Je vais payer avec l'argent de l'enveloppe.

— N'oubliez pas les produits de beauté et les objets de toilette dans la salle de bains, dit Mme Le Coz déjà dans le couloir.

Revenu au rez-de-chaussée à la suite de l'hôtelière, le commissaire Le Garec insista de nouveau au sujet de la note. Mme Le Coz, silencieuse, s'y résigna manifestement à contrecœur. Ce problème réglé, le commissaire demanda :

— Avez-vous une idée de l'emploi du temps de Rosen les deux premiers jours de son arrivée ?

— Le jeudi, répondit Mme Le Coz, elle est restée à Pontivy. Elle est sortie toute la journée. Elle est seulement revenue le soir, au moment du dîner. Le vendredi, elle est descendue à Vannes, par le car ou par le train, et y a passé la journée. Moi, commissaire, j'essaie d'être discrète. Je ne pose pas beaucoup de questions aux clients. Je ne provoque pas les confidences. C'est bonjour ! bonsoir ! ou c'est davantage, c'est selon. Certains ont envie de raconter leur vie à tel point qu'ils en deviennent parfois insupportables, d'autres pas. Rosen était de celles qui se laissent aller à quelques confidences lorsqu'elles se sentent en confiance, mais sans plus. D'après ce que j'ai pu comprendre, il y avait eu un drame dans sa vie, dans sa jeunesse. Et elle en était restée profondément marquée. Elle venait, m'a-t-elle dit, "pour renouer ensemble deux bouts d'un cordage qui, à un moment donné, s'était rompu... un jour de grande tempête... un bateau à la dérive, les amarres brisées, un bateau qui prend le grand large, malgré lui, ballotté par les vagues de la vie, et qui essaie de se maintenir à flot envers et contre tout, tant bien que mal, pendant de longues années et qui soudain, après avoir bourlingué par tous les temps, revient, comme par enchantement, à son port d'attache".

« J'ai appris ainsi qu'elle avait une vieille mère en maison de retraite dans les environs de Pontivy. Un moment donné, je me souviens aussi, elle a dit à mi-voix, comme si elle se parlait à elle-même, "pour retrouver un fils et refaire sa vie avec un homme qu'elle avait aimé". Je me souviens surtout de son retour à l'hôtel, le vendredi soir. Elle revenait donc de Vannes, où elle avait été passer la journée. Qui y avait-elle rencontré ou retrouvé ?... je ne sais pas, mais elle était revenue radieuse, absolument radieuse. À Vannes, il est certain qu'elle avait connu ou retrouvé un grand bonheur oublié.

— Madame Le Coz, intervint Thobie, Rosen, quand elle est partie pour Vannes, portait-elle un imperméable couleur gris anthracite, avec ceinture serrée à la taille.

— Oui, inspecteur ! Vous l'avez vue ?

— Non, pas moi ! Mais effectivement elle y a rencontré un homme que je connais.

— Et ce serait cet homme qui l'aurait tuée.

— Certainement pas ! Cet homme ne lui voulait que du bien. Ce que vous nous avez appris sur Rosen nous aide énormément.

Et, se retournant vers Le Garec, il dit :

— Je vous expliquerai, commissaire.

— Avez-vous une idée de sa profession ? demanda ce dernier.

— Elle était secrétaire de direction dans un laboratoire pharmaceutique important et était, d'après ce que j'ai compris, sur le point d'être mutée dans l'une des unités du groupe installée dans la région. Elle y perdait en salaire, mais elle retrouvait sa Bretagne.

— Comment Rosen était-elle habillée quand elle a quitté l'hôtel le dimanche matin, donc la dernière fois que vous l'avez vue partir sur votre vélo ?

— Pantalon noir, gros chandail blanc à col roulé. Son imperméable était glissé dans un sac plastique et fixé avec un tendeur sur le porte-bagages. Un sac noir, la sangle passée dans le guidon.

— Personnellement, je n'ai plus d'autre question à vous poser, dit Thobie.

— Moi, non plus, dit le commissaire Le Garec. Mais si d'autres détails vous revenaient, madame Le Coz, soyez assez aimable pour nous en avertir. Pour le vélo, nous relevons les empreintes, au cas où... On vous le fera parvenir dans quelques jours... Il est en parfait état.

Et, sur ces dernières paroles, Le Garec et Thobie prirent congé et quittèrent l'hôtel de France. Thobie portait la valise de Rosen.

Chapitre VIII

Les deux hommes revenus à leur voiture garée sur le parking en face de l'hôtel, Thobie mit la valise de Rosen dans le coffre. Le commissaire s'installa côté passager, sans oublier de fixer sa ceinture de sécurité. Avec l'inspecteur Thobie comme chauffeur, il valait mieux prendre toutes ses précautions. On ne sait jamais... une troupe d'escargots qui traversent la route... Son adjoint était parfois imprévisible.

Thobie s'installa au volant en sifflotant.

— Content, Thobie ? dit Le Garec.

— Content, c'est peut-être beaucoup dire, mais pas mécontent du tout.

— Vous semblez connaître l'homme que Rosen a rencontré à Vannes vendredi dernier ? Exact ?

— Oui, commissaire, c'est Yves Dréno, le propriétaire du moulin d'Organ et de l'auberge du Meunier. Et ils ont fait l'amour ensemble l'après-midi du vendredi, vers 16 heures, dans le petit appartement en face du port de Vannes.

Le Garec regarda son adjoint avec une certaine admiration, mêlée de beaucoup de points d'interrogation.

— Thobie, vous avez des antennes ! dit-il.

— C'est plus élégant que des cornes ! répliqua Thobie, imperturbable, en tournant la clé de contact. Je vais vous raconter en cours de route. Au fait, on va faire la perquisition à l'auberge du Meunier ?

— Il est 10 heures, on a le temps. C'est à une dizaine de kilomètres, qu'en pensez-vous ?

— J'en pense que ça me paraît urgent.

— Inspecteur, pendant que j'étais parti décrocher ce con de pendu, vous avez mené l'enquête de votre côté sur Rosen, l'énigmatique femme rousse, et vous semblez avoir des idées bien précises sur ce qui s'est passé.

— Bien précises, bien précises, c'est beaucoup s'avancer, dit Thobie. Mais si on rassemble côte à côte les morceaux, un peu décousus, de nos renseignements, le puzzle commence à prendre figure. Yves Dréno, avant de s'effondrer sur son fauteuil, a prononcé : “Rosen... Rosen... Non, pas toi...”, et puis, après un moment, il a dit : “Mon fils... mon fils...”

« Rosen a parlé à Mme Le Coz d'un homme qu'elle avait aimé... et d'un fils qu'elle voulait retrouver... Alors, commissaire, ce que j'en conclus, peut-être un peu hâtivement, j'en conviens, c'est qu'Yves Dréno et Rosen ont eu un fils ensemble, mais ça doit remonter à très, très longtemps. Je vais vous faire un aveu : un soir, alors que j'avais 18 ans, j'ai fait l'amour sous un dolmen. Il paraît que ça porte bonheur, de faire ça la première fois sous un dolmen ou au pied d'un menhir... Alors moi, commissaire, je fais un raisonnement primaire. Étant donné qu'Yves Dréno vient de prendre sa retraite à soixante ans... Étant donné que Rosen, selon les apparences et les estimations des uns et des autres, a dans les 45 ans, il y a toutes les chances pour que l'union fût illégitime... Un soir, ou une nuit d'été, du côté de l'auberge du Meunier, du moulin d'Organ, des trois menhirs et du dolmen... Que l'union ait eu lieu dessus ou dessous le dolmen n'a, dans mon raisonnement, aucune importance véritable. Yves Dréno devait être déjà marié et s'offrait, par gourmandise, une jeunesse tout à fait consentante pour goûter avec lui le péché de chair. Mais voilà, commissaire, où les choses se corsent. C'est que moi, quand j'ai fait l'amour à 18 ans sous un dolmen, les semaines suivantes, la fille de 16 ans que j'ai comblée n'a pas gonflé. Ce jour-là, j'avais sans doute une mauvaise semence. Ce sont des choses qui arrivent. Ça ne germe pas à tous les coups... heureusement d'ailleurs !

— Thobie ! dit Le Garec. Thobie ! Attention ! vous allez encore une fois délirer.

— Commissaire ! Vous me faites perdre le fil de mon raisonnement si subtil. Donc, selon moi, enfin c'est mon opinion, ma conclusion primaire, c'est que le Yves Dréno, lui, a semé une bonne graine qui a germé et poussé dans le ventre de Rosen, pendant neuf mois. Fils naturel, illégitime, fils qu'il fallait cacher à sa naissance pour sauver l'honneur familial hypocrite.

« Vous savez, commissaire, les fils cachés pendant des années et que l'on sort tout à coup de son chapeau pour les montrer fièrement à la face du monde, ce sont des choses qui arrivent. Mais ce qui m'étonne un peu, c'est que pour ces fils ou ces filles soient choisis des prénoms qui sortent de l'ordinaire, des prénoms remarquables, d'exception... par exemple celui d'un célèbre prélat, cardinal italien, naturalisé français et qui devint grand ministre de feu éteint Louis XIV, Roi Soleil de son vivant. J'ai nommé Mazarin. Un prénom peu commun, surtout lorsqu'il est porté au féminin.

« Si Rosen et Yves Dréno ont un fils commun, le prénom de celui-ci doit être, lui, hors du commun. Voilà, commissaire, la conclusion toute subjective de mon raisonnement fondamental. »

Après cette longue démonstration, il y eut

un non moins long silence dans la voiture. Au bout d'un moment, de deux ou trois kilomètres, il fut rompu par Thobie.

— Je suis un peu déçu, dit-il.

— Ah oui ! Et pourquoi ? crut bon de demander le commissaire Le Garec.

— Rosen... secrétaire de direction...

— Vous vous attendiez à quoi, comme profession ?

— Eh bien, étant donné que, finalement, l'auberge du Meunier et le moulin d'Organ ne sont pas très éloignés de la forêt de Brocéliande, j'avais émis une certaine hypothèse sur l'auteur du crime et sur la véritable personnalité de Rosen.

— Laquelle ? demanda Le Garec, soudain très intéressé.

— Celle qu'un vieux druide s'était peut-être échappé du Val-sans-Retour... et que la femme rousse du dolmen n'était autre que la réincarnation flamboyante de la fée Viviane... Je sentais l'enquête progresser à pas de géant.

Le commissaire Le Garec regardait Thobie avec de grands yeux. Muet.

— Par moment, inspecteur, ça chauffe dur sous le capot de votre crâne, finit-il par dire.

— Dans ces moments-là, reprit Thobie, toujours pince-sans-rire, ma femme me dit que, si je mettais trois œufs sur mon crâne, ils seraient cuits en deux minutes et demie.

— Trois œufs seulement, et pourquoi pas six ? fit remarquer Le Garec, ne voulant pas être en reste de l'humour culinaire de son adjoint.

— Commissaire ! dit Thobie, toujours très sérieux. Vous avez vu la surface et la forme de mon crâne ? Si j'y place six œufs, il y en a au moins trois qui glissent et tombent en omelette sur mes épaules...

Le commissaire Le Garec préféra tourner la tête de l'autre côté, et regarder par la vitre le paysage des landes qui défilait. Mais, se représentant la scène des œufs qui cuisent sur le crâne de son inspecteur, et de l'omelette qui dégouline sur les épaules de celui-ci, il ne put cacher longtemps ses états d'âme. Ses épaules, à lui, furent secouées par un rire profond, qu'il n'arrivait pas à maîtriser. Heureusement ses épaules étaient maintenues par la ceinture de sécurité ! Il continuait à regarder par la vitre de la portière. Tout un troupeau de vaches, une cinquantaine, paissaient dans un pré. Des vaches pie noir, pure race bretonne. Tout à coup l'une d'elles, prise d'une folie subite et incongrue, se mit debout sur ses pattes arrière et entreprit de sauter sur le croupion d'une autre... Une gouine !

Ils arrivaient devant la gendarmerie de Guémené. Les pandores, prévenus la veille, étaient prêts pour se rendre perquisitionner l'auberge du Meunier avec les deux policiers de la Criminelle.

Les deux voitures se suivant prirent donc la direction du moulin d'Organ. Cela allait, encore une fois, faire jaser dans le petit bourg de Languidic, autour du comptoir de Jules, le lieu de rendez-vous où se tiennent toutes les conférences journalières des environs. Hier, les pompiers venus récupérer un vélo de femme. Aujourd'hui les gendarmes qui venaient récupérer quoi ? Dans quelques minutes, lorsque les deux voitures seraient stationnées près de l'auberge du Meunier, il y aurait à l'angle des premières maisons du village des silhouettes d'hommes et de femmes, essayant de se rendre invisibles, et qui, de loin, chercheraient à savoir...

Thobie, tout naturellement, sortit de sa poche les clés de l'auberge.

— Au fait ! inspecteur, vous les avez eues comment ? demanda Le Garec.

— Elles étaient pendues à un petit tableau dans l'entrée, chez Yves Dréno. Je les ai décrochées, dit Thobie à voix basse.

— On n'est jamais si bien servi que par soi-même, répondit Le Garec sur le même ton.

— C'est bien aussi mon avis, dit Thobie, toujours à voix basse, pour ne pas être entendu des deux gendarmes.

Deux tours d'une grosse clé à gorges déverrouillèrent une serrure d'âge respectable. La porte d'entrée de l'auberge était ouverte. Le commissaire Le Garec, comme il se doit, entra le premier.

— Ça sent le renfermé, dit-il.

— On va aérer, dit Thobie. De toute façon, il faut ouvrir les volets, si on veut y voir un peu clair.

— On commence par quoi ? demanda l'un des gendarmes.

— Par observer les lieux, répondit Le Garec. Et d'abord sans toucher à rien. Nous cherchons des indices, des traces. Vous, inspecteur Thobie, qui avez mené l'enquête jusqu'ici, vous avez une idée ?

— Étant donné que Rosen est morte empoisonnée au cours du déjeuner de midi, dimanche, et que l'autopsie nous a précisé qu'il y avait dans son estomac des restes de lapin préparé en civet, et que le poison utilisé a été si violent qu'il a bloqué toutes les fonctions en quelques minutes, comme je vous l'ai déjà expliqué, commissaire, en vous parlant du "poisson-globe" japonais, donc, je pense qu'il faut commencer par la cuisine. Est-ce que le repas a été préparé ici ? Si oui, il restera ensuite à savoir par qui ? Ça, c'est une autre histoire. Je propose, vu mon penchant coupable pour la bonne cuisine – un civet en fait partie bien évidemment – que je m'installe aux fourneaux avec un gendarme comme aide-cuistot. À vous restent les autres pièces de l'auberge. Si la femme rousse a été déshabillée ici, il devrait logiquement y avoir des vêtements féminins quelque part.

— D'accord, inspecteur ! dit Le Garec. Je vous laisse en cuisine. Le brigadier et moi allons visiter les autres pièces.

Ainsi fut réparti le travail.

Thobie prit possession de la cuisine. Ne manquait sur son crâne fertile et fumant qu'une belle toque de chef.

Nous étions dans une très vieille auberge. La cuisine était, par conséquent, spacieuse et équipée de très vieux fourneaux, comme on n'en fait plus depuis longtemps, comme il n'en existe plus guère... Et pourtant ils étaient beaux, ces fourneaux de jadis, à feu de bois et de charbon, la façade décorée de carreaux émaillés avec de jolis motifs, en l'occurrence de dessins tous bretons, avec de belles poignées de cuivre pour la porte du four, le tiroir des cendres... Un temps révolu... Peu de chance qu'ils aient servi pour préparer le civet mortel. En revanche, posé sur l'un d'eux, un réchaud à gaz, quatre feux. C'est ce dernier qui devait servir couramment aujourd'hui. Thobie, curieux, voulut savoir où pouvait être dissimulée la bouteille de gaz. En général, on la flanque dans un placard bas pour ne pas avoir sous les yeux cette bonbonne d'un aspect pour le moins disgracieux. Il regarda à l'arrivée du réchaud pour connaître la direction du tuyau d'alimentation et tira légèrement dessus. Apparemment il devait partir d'un placard à gauche de la grande cuisinière. Il ouvrit le placard. Il y avait bien l'arrivée d'un tuyau de gaz avec un détendeur fixé en bout... mais il n'y avait pas de bouteille de gaz.

— Compris ! dit Thobie, en se relevant. Compris ! inutile de chercher côté cuisine. Le déjeuner civet ne s'est pas préparé et ne s'est pas déroulé ici. D'ailleurs, continua-t-il, je n'y croyais pas tellement... parce qu'alors il aurait fallu que quelqu'un d'autre qu'Yves Dréno ait la clé.

Ce jour-là, dimanche midi, le propriétaire de l'auberge du Meunier déjeunait avec ses voisins de palier à Vannes, les Guyomar. Yves Dréno était hors de cause, insoupçonnable.

Thobie ouvrit un robinet d'eau. Celui-ci crachota quelques secondes. L'eau était coupée. Conclusion : hors saison d'été, l'auberge tout entière était mise en hibernation. Elle devenait marmotte qui sommeille, sous le regard d'un haut moulin sans ailes, de trois beaux menhirs et d'un dolmen. Donc, si on voulait faire avancer l'enquête, il fallait chercher quelque chose, quelque part, ailleurs dans la maison.

— C'est curieux, inspecteur ! entendit Thobie dans son dos.

— Qu'est-ce qui est curieux ? demanda-t-il en se retournant vers le gendarme qui était derrière lui, et qui avait la main posée sur une sorte de longue poignée en bois.

— Ben, inspecteur, regardez ! On dirait une poignée de placard encastré dans le mur. J'ai beau tirer, pousser, ça ne s'ouvre pas.

Thobie s'était approché. Dans le mur, il y avait un carré d'environ 50 cm sur 50 cm bouché par un panneau de contre-plaqué patiné, et même plus, un peu graisseux, avec sur le côté une sorte de poignée en bois.

Thobie la saisit, tira vers lui, poussa en sens inverse, sans plus de résultat que le gendarme, puis il tira la poignée sur le côté. Et là, ça coulissait... ça coulissait tellement bien que, dans la paroi, ça dégageait un trou noir. Thobie passa la tête dans cette curieuse trappe à mi-hauteur dans le mur.

— Gendarme ! dit-il (et sa voix résonnait comme s'il parlait dans un tuyau de cheminée), gendarme ! vous n'avez pas une lampe électrique ?

— Si, inspecteur, dans la voiture. Je vais la chercher.

Thobie, la tête toujours dans le trou noir, de s'exclamer :

— Doux Jésus ! Ô *mamma mia ! qu'ès-aquo ?* Mais *qu'ès-aquo ?*

Il faut dire que l'inspecteur Thobie avait souvent, au cours de ses enquêtes, fait la démonstration de son don inné pour les langues étrangères. Aujourd'hui c'était l'italien, l'espagnol, le portugais, voire le provençal qui avaient sa préférence. Mais il avait été une époque où c'était le russe... Depuis la chute du mur de Berlin, il avait considéré que parler russe n'était plus vraiment à la mode. L'empire s'effritait, la langue aussi. Le russe, selon Thobie, était en disgrâce. D'ailleurs il jugeait que depuis la bande des quatre : Tolstoï, Gogol, Tourgueniev, Dostoïevski, il n'y avait plus de grands écrivains russes. Soljenitsyne, lui-même, semblait être arrivé au bout du souffle épique qui, autrefois, balayait avec force les immenses steppes soviétiques de Saint-Petersbourg jusqu'à l'Oural.

Thobie s'était donc reconverti dans les langues latines...

Padre... madre... mamma mia... pizza... paella... osso buco... gorgonzola... sans oublier *vino... jerez... porto...* Bien qu'il n'éprouvât pas pour ce dernier mot une attirance particulière.

Il préférait nettement un mot écossais vieilli en fût de chêne une bonne dizaine d'années... : whisky. Bref ! Thobie aimait les mots qui résonnent en bouche, qui survivent aux temps incertains et troublés, demeurent indémodables, populaires, vivants, des mots sans frontières qui font partie de nos bonnes vieilles nourritures terrestres humanistes.

Thobie sortit la tête du trou noir. Le gendarme arrivait avec sa torche électrique. L'inspecteur s'était déjà fait une petite idée de ce que cachait cette trappe. L'œil s'habitue à regarder dans le noir. Il doit y avoir du chat en chacun de nous, André Malraux en était convaincu. Thobie voulait avoir la confirmation de ce qu'il avait entrevu. Il prit la torche, la dirigea d'abord vers le haut.

— Deux belles petites poulies en bois, dit-il... avec des cordes qui descendent, qui descendent où exactement ?

Thobie dirigea, cette fois, la torche vers le bas.

— Mais qui descendent trois bons mètres plus bas... mais que c'est curieux, ça... *Mamma mia !* C'est un petit monte-charge... une sorte de monte-plats. Doux Jésus ! Et on dirait même qu'il y a un paquet sur le plateau.

L'inspecteur sortit la tête du trou. Il jubilait, Thobie. On entendait le commissaire et le brigadier qui marchaient dans les chambres à l'étage. Il fallait les inviter à participer à la découverte. Thobie alla dans le couloir. Au pied de l'escalier, il cria :

— Qu'est-ce que ça donne, là-haut ?

— Rien, répondit Le Garec.

— Descendez, dit Thobie. Il y a comme un pot aux roses, côté cuisine.

— Qu'avez-vous trouvé, inspecteur ? demanda le commissaire.

— On va le découvrir ensemble, répondit Thobie.

Une fois tous rassemblés dans la cuisine, Thobie, éclairé par la torche électrique du gendarme, commença à tirer sur l'une des cordes qui actionnait une mécanique fort simple.

Et le plateau d'un monte-plats, avec un baluchon posé dessus, montait... montait... Arrivé à hauteur de la lucarne, il n'y avait plus qu'à actionner un taquet d'arrêt fixé sur le côté pour l'immobiliser.

Thobie prit le paquet et vint le déposer sur la longue table de la cuisine. Le commissaire Le Garec et les deux gendarmes faisaient silence et laissaient faire l'inspecteur. Celui-ci ouvrit le baluchon, grossièrement ficelé, et entreprit d'en faire l'inventaire, étalant chacune de ses découvertes sur la table. Du paquet de vêtements, Thobie sortit un gros pull-over blanc à col roulé, un pantalon noir de femme. Il était inutile d'aller les présenter à Mme Le Coz de l'hôtel de France à Pontivy. Inutile. C'étaient là les vêtements de Rosen.

Un sac plastique renfermait l'imperméable gris anthracite... un autre, une paire de chaussures... une paire de gants... et un sac noir. C'était tout. Thobie prit le sac noir, l'ouvrit, le renversa sur la table. Il en sortit un tube de rouge à lèvres, un peigne, une lime à ongles, une petite paire de ciseaux... un joli miroir en forme de cœur.

Aucune pièce d'identité, carte de crédit, ou autre document... Rien pour indiquer un nom, une adresse.

— Le ménage a été fait, dit Thobie. Il fallait s'y attendre.

Le commissaire Le Garec avait pris le peigne.

— Il y a un long cheveu roux, dit-il. Regardez !

— Sur le pull-over blanc, il y en a plusieurs, dit le brigadier.

— La femme a dû être déshabillée ici, dit Thobie. Une chose est tout de même curieuse. Habituellement les femmes portent des sous-vêtements, soutien-gorge, culotte, slip... Rien de tout ça... Pas normal.

— Mais ce monte-plats descend où exactement ? dit soudain le commissaire Le Garec qui s'était approché de la trappe ouverte dans le mur. Il y aurait une salle en bas ?

Les quatre hommes se regardèrent, perplexes.

— S'il y a une salle souterraine, il y a forcément un escalier pour y descendre, dit le brigadier de gendarmerie. Ça paraît évident.

— Très évident, répondit Thobie. Voyons voir. Comment est la salle à côté de la cuisine ? (Et il en franchissait déjà la porte.) Pas bien grande. Pour une auberge qui, paraît-il, avait autrefois grande renommée, à des kilomètres à la ronde, une salle pour une vingtaine de couverts seulement, c'est peu, c'est trop peu.

Les quatre hommes regardaient autour d'eux la pièce aujourd'hui simple salle à manger pour les beaux jours d'été, une salle à manger très ordinaire de résidence secondaire... une table, six chaises... un buffet très ancien, de belle facture bretonne, avec clous dorés traditionnels. Et sur le mur du fond, une sorte de meuble-étagère, faisant office de vaisselier. Curieux, lui, sans aucune facture bretonne ou autre, un meuble d'utilité... Deux mètres de hauteur, quatre-vingts centimètres de largeur.

— Bizarre, ça ! dit Thobie, en s'approchant. Cet horrible bahut n'a pas sa place ici. Un rajout de mauvais goût. Comme une insulte.

Et il donna un coup de poing sur le côté du meuble.

— Ben merde alors ! dit-il. Ben merde ! Il bouge. Et même qu'il roule...

Le meuble s'était déplacé de presque vingt centimètres. Thobie, aussitôt, poussa ce bahut sans nom, ridicule, de mauvais goût, et surprise, un espace de la dimension d'une porte était ainsi dégagé, à la stupéfaction des quatre hommes.

Thobie, fier de sa deuxième découverte, se pencha vers le nouveau trou.

— Un escalier, commissaire ! Je sens que je vais défaillir. Si ça continue, cette enquête va me provoquer une crise cardiaque... Il y a un bouton électrique ?...

— Inspecteur ! dit le brigadier, j'ai remarqué le compteur dans le couloir d'entrée. Je vais appuyer sur le disjoncteur. L'électricité n'est peut-être pas coupée par EDF.

— Essayez voir, dit Le Garec.

— Ô lumière ! cria Thobie, un instant plus tard. Ô lumière, que vous êtes jolie !

Et le premier il descendit l'escalier éclairé par une ampoule de 100 watts minimum, et dont la lumière crue laissait entrevoir le début d'une salle souterraine qui paraissait immense. Au bas de l'escalier, Thobie aperçut, le long du mur, un tableau électrique avec une rangée de prises de courant et d'interrupteurs. Il actionna tous les interrupteurs les uns après les autres.

Alors ce fut le spectacle. Les quatre hommes étaient maintenant descendus et restaient groupés au pied de l'escalier, ahuris, ébahis, sans voix, n'osant bouger. Ils se trouvaient au début d'une salle voûtée, parfaitement éclairée, d'une bonne douzaine de mètres de longueur, sur six de largeur environ. Mais ce qu'il y avait de plus remarquable encore, c'était cette table massive, centrale, qui allait presque d'un bout à l'autre de la pièce. Des bancs étaient disposés de chaque côté et tout le long. Le Garec et Thobie s'étaient approchés de la table, ils la palpaient, la caressaient... une table au dessus lissé, patiné par le temps.

— Bon Dieu ! dit Thobie, mais elle paraît d'une seule pièce. Le plateau n'a pas pu être transporté en passant par les portes de l'auberge. Elle a été assemblée sur place. Il faut dire que jadis, dans le Pays breton, il y avait de sacrés bons menuisiers. Ah ! ce n'est pas nos petites tables à manger d'aujourd'hui de deux ou trois centimètres d'épaisseur. En ces temps anciens, il y avait des forêts, il y avait du bois et il y avait de vrais artisans.

Maintenant les quatre hommes circulaient dans la salle.

Le long des murs, d'un côté et de l'autre, se trouvaient plusieurs dessertes disposées à espace régulier, pour faciliter le service, sans aucun doute, car il avait dû y en avoir, du monde, à venir s'asseoir, côte à côte, face à face, trinquant au vin, au cidre, bûcherons, rouliers, charbonniers, colporteurs et paysans apportant le blé, le sarrasin, l'orge à moudre au moulin d'Organ.

Il avait dû s'en raconter, des histoires, autour de la table certains soirs, surtout que les meuniers n'avaient, paraît-il, pas leurs pareils pour raconter des histoires salaces à faire rougir les joues et les fesses des jeunes filles et des femmes.

Le Garec et les deux gendarmes n'avaient pas dépassé le milieu de la salle que Thobie, lui, était déjà arrivé tout au bout, curieux, fouineur, vrai cocker breton.

Et arrivé au fond, il marqua un temps d'arrêt, surpris. De la lumière, mais du jour, cette fois-ci, venait de la gauche. Il s'approcha, soudain envahi par une sorte d'excitation. Il y avait un petit couloir, très étroit, taillé dans la roche, et qui allait en tournant légèrement. Thobie s'y engagea. Oh, il n'était pas long, ce couloir, trois mètres tout au plus. Un mur d'un mètre de hauteur fermait le passage, comme une margelle de puits, une sorte de garde-fou. Le dessus était fait d'une longue pierre de granit qui allait d'un bout à l'autre de la grotte. Et au milieu, il y avait une date gravée : 1840. Ainsi donc, la salle devait avoir plus d'un siècle et demi.

Mais au-dessus du mur, c'était l'air libre, et de là, de ce poste d'observation remarquable on dominait toute une vaste partie de la vallée du Blavet. En bas, le village de Kerhel, avec en bout la petite maison du père Adrien et son jardin autour. Quand Thobie, avec la paire de jumelles, avait observé toute cette falaise pour situer le vélo accroché à mi-pente, il avait bien remarqué une cavité qui lui avait paru curieuse. Eh bien, aujourd'hui, il était dedans. Et au-dessus de sa tête, il y avait une ampoule allumée. Et c'était cette lumière que le père Adrien devait avoir vue. Donc la nuit de la Toussaint, vers une heure et demie du matin, quelqu'un était venu dans cette grande salle et avait lui aussi allumé toutes les lumières. Simplement pour cacher les vêtements de Rosen ? Ce quelqu'un connaissait parfaitement, de fond en comble, l'auberge du Meunier.

— Thobie ! cria Le Garec, où êtes-vous passé ?

— Voilà ! voilà ! répondit Thobie, en revenant dans la salle. Venez donc voir par ici. Ça n'apporte pas grand-chose à l'enquête, mais ça vaut le coup d'œil... seulement, un par un, en file indienne, car le couloir n'est pas large.

Les quatre hommes, après cette visite surprenante qui les laissait admiratifs, revinrent au pied de l'escalier.

À droite, il y avait un assez large renfoncement meublé d'une desserte plus grande que les autres. L'arrivée du monte-plats de la cuisine se trouvait là. Côté opposé, il y avait plusieurs casiers à bouteilles alignés le long du mur. Une cinquantaine de bouteilles y étaient couchées.

— Yves Dréno se sert tout de même de cette salle comme cave, dit Le Garec.

L'inspecteur Thobie répondit :

— Celui qui rouvrirait aujourd'hui l'auberge du Meunier, avec une salle pareille, bien décorée, des luminaires appropriés, aurait un beau succès touristique, dans un environnement exceptionnel, régulièrement visité, un paysage et une vue remarquable, un dolmen, des menhirs...

— C'est curieux, fit remarquer Le Garec, que le propriétaire des lieux, cet Yves Dréno, n'y ait pas pensé.

— Étonnant, en effet, dit Thobie. Pourtant Yves Dréno est un homme qui m'a paru être cultivé, très intelligent... pardon ! qui est très intelligent. Cette pensée de rouvrir l'auberge, il l'a certainement eue. Qui ne l'aurait pas, à sa place ? Il y a une raison qui nous échappe.

— Inspecteur, vous pensez que cela pourrait être lié avec le crime ?

— Je n'en sais rien, commissaire ! Possible... très possible...

Tous revenus dans la cuisine, Thobie rangea les affaires de Rosen, pull-over, pantalon, sac, chaussures. Il en fit une sorte de baluchon qu'il prit sous le bras.

— Quel gâchis ! dit-il. Quel gâchis ! Et pourquoi ?

Les volets de l'auberge furent refermés, l'électricité éteinte, la porte verrouillée avec la grosse clé à gorges.

— Le mystère reste entier, dit Le Garec.

— Pas tout à fait, répondit Thobie.

— Une idée, inspecteur ?

— Plusieurs.

Sur ces paroles sibyllines, la perquisition terminée, les quatre hommes se séparèrent devant l'auberge. Les gendarmes repartaient chez eux, à Guéméné.

— Qu'est-ce qu'on fait ? demanda Le Garec.

Thobie regarda sa montre.

— Onze heures et demie, dit-il. C'est l'heure sacrée de mon muscadet. On va chez Jules.

— Je suppose que c'est le bistrot du coin ?

— Excellente supposition D'ailleurs, regardez là-bas, près des premières maisons du bourg, le petit attroupement de gens qui nous observent. Voudraient bien savoir ce qu'on est venu fabriquer dans le coin, ce matin. Ils attendent les informations.

— Vous comptez leur dire, pour les vêtements de Rosen ? demanda Le Garec.

— On verra une fois chez Jules. Dans les bistrots que je fréquente – toujours pour la bonne cause, commissaire –, des fois je me tais, me contente d'écouter, des fois je lance de petites informations, parfois des vraies, parfois des fausses, c'est selon. J'improvise. Au fait, commissaire ! au sujet des bars, cafés, bistrots que je suis obligé de fréquenter, donc, par obligation professionnelle, il y a quelque chose d'anormal.

— Et quoi donc, Thobie ?

— J'obtiens des bons d'essence pour ma voiture. Se pourrait-il que j'en obtienne aussi pour le chauffeur... pas pour le même carburant, évidemment ?

— Mais, inspecteur Thobie, je n'y vois personnellement aucun inconvénient, répliqua le commissaire Le Garec, imperturbable, sentant venir l'énormité qu'allait lui sortir son adjoint. Vous me faites une demande, en trois exemplaires naturellement, selon l'usage, et je la ferai suivre, avec plaisir, par la voie hiérarchique. Notez consciencieusement la consommation journalière du chauffeur : chouchenn, blanc, rouge, etc.

— Vous pensez que ça passera, commissaire ? dit Thobie.

— Oh ! pour passer, ça passera. Mais il faut quand même vous attendre à ce qu'il y ait, de temps en temps, des contrôles de consommation...

— C'est-à-dire ? demanda Thobie.

— C'est-à-dire à souffler dans le ballon au retour de vos enquêtes. Si ça vire au rouge, on vous offrira une nuit gratuite au violon.

— Au violon ? protesta Thobie. Pour un Breton, au biniou serait plus agréable.

Les deux complices arrivèrent de parfaite humeur chez Jules, sur l'unique place de Languidic, face à l'église, au calvaire, au monument aux morts. Quelques rideaux bougèrent aux fenêtres.

— Bonjour inspecteur ! s'écria Jules en voyant Thobie franchir la porte de son estaminet. Accompagné, aujourd'hui ?

— Commissaire Le Garec de la Criminelle, présenta Thobie.

Jules marqua un temps d'arrêt avant de reprendre le cours de la conversation. Il y a des cartes de visite qui impressionnent.

— Le Garec... ça serait pas un nom breton ? dit Jules.

— Ça se voit tant que ça ? interrogea le commissaire.

C'était fait. La glace était rompue. Du côté de l'assistance des "buveurs d'eau" assis autour des tables du bistrot, il y eut comme une minute de recueillement silencieux. Deux représentants de la légalité républicaine leur faisaient l'honneur de venir boire un coup au comptoir de Jules, devant eux. Ça les impressionnait.

— Qu'est-ce que je vous sers, messieurs ? demanda Jules.

— Pour moi, un muscadet pur jus, dit Thobie.

— La même chose, dit Le Garec, se sentant obligé de suivre l'exemple lamentable de son adjoint.

Le torchon blanc sur l'épaule, la bouteille de muscadet à bout de bras, Jules dit, en remplissant les deux verres sans le moindre faux col.

— Inspecteur ! c'est Pépé la Braconne qui va être déçu. Il vient tout juste de partir, ça fait à peine cinq minutes. Il me demande deux fois par jour quand est-ce que vous allez revenir.

— Pépé la Braconne ? dit Thobie, cependant que Le Garec le regardait avec de grands yeux étonnés.

— Ah, c'est vrai, inspecteur ! reprit Jules en rangeant la bouteille, c'est vrai, vous ne connaissez pas encore toutes les coutumes du pays. Chacun ici a son surnom. Le père Adrien que vous connaissez et à qui vous roulez si bien les cigarettes de gros gris, c'est Pépé la Braconne. Le père Adrien, faut vous dire qu'autrefois c'était un sacré bon chasseur, mais depuis plusieurs années ses mains ont pris un peu la tremblote, alors la dernière fois qu'il a pris son fusil, il y a trois ans, la gâchette, elle aussi, a eu la tremblote. Et le père Adrien, en visant bien droit en face un beau lièvre, à réussi à tuer son chien qui était à côté de lui. La tremblote sur une gâchette, ça pardonne pas. Alors le père Adrien a compris qu'il était temps de ranger le fusil. Depuis il s'est reconverti dans la braconne. Remarquez... il prend autant de gibier qu'avant, avec ses collets tendus dans la lande, et ça lui coûte moins cher. Pas de cartouches, pas de permis de chasse. Mange peut-être un peu moins de perdrix qu'avant. Ses pièges sont pas tout à fait au point. On dit même, mais là ce sont les mauvaises langues qui parlent, que la nuit, dans le Blavet, il pêche au filet dérivant, tout comme les marins bretons sur les bancs de morue du côté de Terre-Neuve. C'est un cas, le père Adrien !

Puis, s'adressant cette fois à Le Garec :

— Tenez, commissaire ! pour vous dire que côté surnom, ici, on a de l'imagination. Regardez au fond de la salle, à la table du coin, le vieux à lorgnons qui a le nez plongé dans son journal, lui, on l'appelle Loin du Ciel.

— Loin du Ciel ? dit Le Garec, pris au jeu.

— Ça vous étonne, reprit Jules, parce que vous le voyez assis. Mais debout, il mesure tout juste un mètre cinquante-cinq, et encore, s'il se tient bien droit. Quand il sort sur la place, et qu'il regarde là-haut les nuages qui passent, ça fait une sacrée distance...

Au fond de la salle, à la table du coin, Loin du Ciel leva la tête, mit ses lorgnons sur son front et dit :

— Jules, pour ta connerie, tu me remplis le verre. C'est ta tournée !

Et tout le monde se marrait chez Jules, au comptoir et à toutes les tables.

— Même le curé a son surnom, reprit Jules de plus belle, intarissable... même le curé. Lui, on l'appelle Goupillon. Figurez-vous que le dimanche des Rameaux, il y a cinq ans, en passant dans l'allée centrale de l'église, le goupillon en l'air, à bout de bras, et bénissant les fidèles à tout va, voilà que la boule du goupillon s'est dévissée, comme par miracle. Un brave paroissien, son rameau de romarin à la main, a failli le recevoir en pleine poire. Heureusement pour lui, il n'a reçu qu'une grosse giclée d'eau bénite... mais tout de même une dose pour au moins six mois de chrétienté. Ces eaux-là, c'est à consommer avec modération. Le curé, en camisole blanche, s'est trouvé tout con, planté au milieu de l'allée, avec en main seulement le manche du goupillon... et il regardait ses ouailles éparpillées et rigolardes qui cherchaient la boule partout, sous les chaises et sous les bancs. Vous pensez que c'était une occasion divine pour regarder sous les jupes des bonnes femmes, celles qui portaient culottes et celles qui n'en portaient pas. Commissaire ! ce sont des souvenirs qui marquent dans l'histoire d'un petit pays comme Languidic. Alors, depuis cette célèbre messe des Rameaux, on appelle le curé Goupillon.

Le Garec avait sorti son mouchoir et s'essuyait les yeux.

— Vous avez du chagrin, commissaire ? s'enquit Jules, toujours plein de prévenance envers ses clients.

Fou rire général dans la salle. Et, comme de bien entendu, Jules, bouteille à la main, passa remplir les verres vides. Tous les "buveurs d'eau" se trouvaient en pleine et joyeuse convivialité. Revenu derrière son comptoir, son devoir accompli, Jules dit :

— Côté femmes, c'est pas triste non plus. Il y a La Bagouse. Aux mains n'a que dix doigts, comme tout le monde, mais faut voir ce qu'elle a réussi à enfiler dessus, au moins deux douzaines de bagues. Il y a de tout, de l'or, du bronze, du fer, du cuivre, du diamant, du verre, de l'argent, du vrai, du faux, jusqu'à du fer-blanc. Elle a les digitales qui scintillent tellement que ça t'aveugle quand tu la vois qui s'avance vers toi, en se passant les mains dans les cheveux et en te regardant droit dans les yeux, que c'en est troublant, fascinant. Même que si, à ce moment-là, il y a un rayon de soleil qui fait étinceler toute la quincaillerie digitale, tu as le cœur qui palpite et qui chavire. Il faut se retenir pour ne pas tomber à genoux et lui baiser les pieds.

« Côté femmes, il y a encore Boîtes à Lolo dite aussi La Balconnière. Je vous fais pas un dessin. Le samedi, au marché sous les halles de Guéméné, vous n'avez qu'à regarder au rayon fruits et légumes, à l'étalage des maraîchers, le cageot des melons charentais. La Balconnière en a mis deux dans son corsage... »

À ce moment, on entendit une voix forte s'élever de derrière la demi-cloison qui séparait bar et épicerie. C'était la voix sonore et bien timbrée de la femme de Jules.

— Jules ! T'as pas bientôt fini de déconner sur les femmes ? Tu crois peut-être que je t'entends pas ? Tout le monde sait qu'à 18 mois passés tu tétais goulûment les seins de ta mère, alors forcément il y a encore des gouttes de lait maternel que ton cerveau n'a pas réussi à digérer... Moi, Jules, au rayon fruits et légumes sur le marché de Guéméné, je peux te parler des carottes. Il y a des hommes qui en ont mis dans leur pantalon, et, à ce qu'il paraît, des plutôt rachitiques, pas bien longues et pas bien grosses...

La voix bien timbrée et bien sonore se tut côté épicerie. Jules, derrière son comptoir, essuyait un verre. Le torchon s'était arrêté de tourner. Jules, un peu estomaqué, accusait le coup, s'attendait pas à une réplique conjugale aussi verte. Lui, si prompt d'habitude à la riposte verbale, marqua un temps d'arrêt. Jules réfléchissait. Quelle était cette parabole potagère sur les carottes rachitiques, mal poussées, pas bien longues, pas bien grosses ? Le mâle dominant se sentait dominé. C'était inacceptable.

Fallait réagir. L'honneur ne pouvait faire silence.

Mais l'heure était venue de se faire mouton docile, gentil, câlin, bisou-bisou. C'est donc sur un ton tout doucereux que Jules répondit à sa moitié cachée de l'autre côté de la cloison. Le torchon recommença à tourner dans le verre.

— Faut pas te fâcher, ma poule ! Faut pas te fâcher ! Qu'est-ce que tu veux, quand la nature réussit à faire pousser de bons gros fruits, ça m'impressionne toujours un peu. Mais tes deux oranges, bien rondes, bien fermes, ne sont pas mal non plus... et puis c'est tout de même plus exotique que les melons... Ça dépayse les mains et les yeux...

— Jules, salopard, avec tes oranges, avoue, tu essaies de te racheter... T'as peur de faire carême pendant quarante jours, salopard ! Hein ! avoue, c'est ça ?

Derrière son comptoir, Jules restait silencieux. Devait méditer sur le carême et ses litanies d'abstinence.

Bref ! il était grand temps de faire diversion. Alors Jules parla.

— Inspecteur ! dit-il, jovial, hier avec les pompiers vous avez, paraît-il, récupéré un vélo de femme. Et aujourd'hui, avec les gendarmes, on peut savoir ?

— Oh ! il n'y a pas de secret, dit Thobie. Hein, commissaire ! on peut dire ?

— On peut dire, fit Le Garec qui ne savait pas bien quel raisonnement l'inspecteur Thobie suivait dans sa tête.

Mais il faisait confiance. On pouvait dire... mais quoi, au juste ?

— Eh bien, Jules ! dit Thobie, la récupération hier du vélo nous a apporté, au commissaire et à moi-même, un grand soulagement.

Tous les "buveurs d'eau" qui remplissaient la salle à cette heure de grande consommation journalière vidèrent leur verre et firent silence.

— Nous sommes en mesure d'affirmer maintenant, continua Thobie, que la femme rousse du dolmen d'Organ n'est pas arrivée toute nue sur son vélo jusqu'à l'auberge du Meunier. D'ailleurs cela se serait remarqué, puisqu'elle aurait parcouru 15 kilomètres dans la tenue d'Ève depuis Pontivy où elle avait une chambre à l'hôtel de France. Elle a été déshabillée à l'auberge. Nous venons de retrouver ses vêtements... pull-over, pantalon, sac, chaussures...

À ce moment précis, on entendit de l'autre côté de la cloison, séparation assez symbolique entre bar et épicerie, un bruit de récipient en verre qui se brisait sur le sol carrelé.

— Le pot de confiture m'a échappé des mains, dit une voix de femme. Que je deviens maladroite !...

Thobie, accoudé au comptoir du bar, devant son verre de muscadet, d'ailleurs vide, se frappa soudain le front.

— J'oubliais, dit-il, ma femme m'a demandé de lui rapporter un tube de mayonnaise pour manger de la morue ce midi. Moi, je la préfère avec de la moutarde...

Le Garec et Jules se regardèrent, l'air un peu idiot. L'un et l'autre pensaient la même chose : les Thobie devaient manger bizarrement. L'inspecteur était déjà passé côté épicerie.

— Odette, laissez donc ! disait la femme de Jules. Je vais nettoyer tout à l'heure. C'est peut-être moi qui l'ai rangé trop près du bord de l'étagère.

— Bonjour madame ! dit Thobie en passant près de l'Odette.

— Que je suis maladroite, inspecteur ! répondit celle-ci.

— Bah ! dit Thobie en plaisantant, regardez

par terre : les morceaux sont restés tout entiers. Vous ne savez pas où se trouve la mayonnaise ?

— Derrière vous, au bout de l'étagère, répondit Odette.

— Merci, madame !

Thobie prit un tube de mayonnaise au hasard et alla à la caisse.

— Je l'achète pendant que j'y pense, dit-il en payant la femme de Jules. Sinon je vais oublier et, vous savez, ma femme pourrait me faire manger une soupe à la grimace...

— Elle est si dure que ça ? dit la femme de Jules.

— Vous savez, madame, entre nous, les femmes de policiers, il n'y a rien de pire... C'est le policier qui a le revolver, et c'est sa femme qui tire les balles à bout portant.

Et Thobie revint s'accouder au comptoir du bar et retrouver le commissaire Le Garec qui n'avait pas bien saisi l'histoire de la morue à la moutarde et à la mayonnaise. Mais, avec son adjoint mangeur de hérissons, fallait s'attendre à tout. Jules était dans la salle, bouteille en main, et servait une nouvelle tournée. Thobie se pencha vers Le Garec et lui dit à voix basse :

— J'ai été prendre une photo.

— Une photo ? interrogea Le Garec, surpris, et qui tombait une fois de plus dans le panneau. Vous avez un appareil sur vous ?

— Non ! répondit Thobie. Enfin, si... là... (et il montrait ses deux yeux).

— Vu ! dit Le Garec qui avait compris... mais avouez, inspecteur, que par moment vous n'êtes pas facile à suivre. Intéressante, la photo ?

— Oh vous savez, commissaire ! ce n'était que des confitures de fraises, un peu trop écrasées à mon goût. Je les préfère entières.

— Faut vraiment rire, Thobie ? dit Le Garec.

Qu'est-ce que vous essayez de me cacher ?

Jules était revenu derrière son comptoir.

— Alors, vous l'avez, votre mayonnaise ? Vos verres sont vides, je les remplis ?

— Obligé, dit Thobie. Au fait, l'auberge du Meunier est fermée depuis longtemps ? Je veux dire en tant que restaurant ?

— Inspecteur, répondit Jules, j'ai 54 ans et je ne l'ai jamais connue ouverte, même gamin, car on allait souvent jouer dans les environs, tout comme font d'ailleurs les jeunes d'aujourd'hui. Et toi, père François, qu'as plus de 75 berges (un des rares qui ne devait pas avoir de surnom) ?

— Quoi ? dit le père François.

— Ah c'est vrai ! j'oubliais, t'es un peu sourdingue, dit Jules qui répéta nettement plus fort... L'auberge du Meunier, tu l'as vue ouverte dans ta jeunesse ?

— Moi, non, je ne me souviens pas, répondit le père François... mais mon père l'a bien connue. Même qu'à ce qu'il paraît elle était remplie tous les midis, les soirs moins, quoique des fois il y avait la nuit de sacrées noubas avec femmes, binious, violons, conteurs. Il y en a plus d'une à l'époque qui a dû perdre sa culotte dans les alentours. Au siècle dernier, les meuniers avaient une belle réputation pour raconter des histoires cochonnes et trousser les jupons... même que certains vieux que j'ai connus faisaient, à mots couverts, des récits de tours de sorcellerie et jusqu'à des messes pas très catholiques... Enfin, c'est ce que j'ai entendu dire par les anciens.

— L'auberge n'est pourtant pas bien grande, fit remarquer Le Garec.

— Aujourd'hui, non, mais mon père a parlé plusieurs fois d'une très grande salle. Elle a dû être démolie il y a longtemps. Le moulin à côté, lui, a bien perdu ses ailes. Lui non plus, je ne l'ai jamais vu tourner.

La conversation concernant le moulin d'Organ et l'auberge du Meunier en resta là. Thobie était soulagé. Il avait craint, un moment, que l'un des buveurs d'eau posât une question à laquelle il ne tenait pas à répondre. Une question comme :

— Le propriétaire de l'auberge, Yves Dréno, n'était pas avec vous ce matin pour la visite. L'auriez-vous déjà coffré ?

Une question qui aurait fort embarrassé l'inspecteur Thobie. Il ne voulait surtout pas dire qu'Yves Dréno, après une belle crise cardiaque, était à l'hôpital, en soins intensifs. Il ne fallait pas donner l'alerte à la “payse” qui, normalement, devait venir à Vannes le lendemain avec son cabas rempli de légumes, et s'offrir au passage une petite récréation particulière dans la chambre à coucher d'Yves Dréno. Il ne fallait pas annuler cette visite au 124, avenue De Lattre-de-Tassigny. Demain, Thobie, posté en sentinelle dans les parages, en aurait été fort marri. À ce stade de l'enquête, il avait hâte de confirmer ses soupçons et de vérifier la physionomie de la visiteuse du jeudi après-midi.

Le commissaire Le Garec sortit son portefeuille sous le regard amusé de son adjoint. Le Garec allait payer les godets de muscadet. Normal, après tout ! c'était le chef. Thobie, lui, s'était bien sacrifié pour acheter un tube de mayonnaise dont il n'avait nul besoin, juste histoire de prendre une photo avec les yeux. À la maison il ne s'occupait jamais de ces petites courses quotidiennes. C'était l'exclusivité, le domaine réservé de sa femme. Oui, bien sûr, le samedi, comme tout le monde, il accompagnait madame au grand hypermarché à la sortie de la ville, mais c'était juste pour pousser le Caddie, s'occupait pas vraiment de ce qui tombait dedans – madame avait sa liste –, se contentait d'étaler la marchandise devant la caissière et de payer avec la carte de crédit. Pratique... pas emmerdant... esprit tranquille... le bonheur conjugal...

Revenus à leur voiture sur la place de l'église après avoir pris congé de Jules et de l'assemblée des "buveurs d'eau", les deux policiers se regardèrent.

— Thobie, vous avez faim, vous ? demanda Le Garec.

— Je n'osais pas vous poser la même question, répondit Thobie. Mais je constate, avec grand plaisir, qu'il y a des moments où, même sans se parler, on se comprend quand même bien, tous les deux, chef ! La preuve, on a faim tous les deux en même temps...

— Thobie, vous savez que j'ai horreur que vous m'appeliez chef.

— Pardon, commissaire !

— Vous connaissez un restaurant correct dans les environs ? demanda Le Garec.

— Sur la route de Rochefort-en-Terre, à une dizaine de kilomètres, il y a une ferme-auberge qui m'a laissé bon goût en bouche, plusieurs fois.

— Abordable, côté prix, Thobie ? Attention ! nous ne sommes que de petits fonctionnaires de police. Nous ne pouvons nous permettre de revenir avec des notes de chef de cabinet de ministre en voyage privé... Pas de fausses notes...

— Très correct comme menus et comme prix, dit Thobie. On évitera simplement l'apéritif, la bouteille de champagne et le pousse-café.... toutes ces petite choses superflues, interdites à nos basses conditions.

— Bon ! on y va, Thobie... Ils ne servent pas de hérissons ?

— Sauraient pas les préparer... C'est tout un art pour retirer les piquants sans faire de trous dans la peau qui laisseraient s'échapper l'arôme si fin du hérisson à nez de cochon.

Les épaules du commissaire Le Garec furent, une fois encore, secouées de petits spasmes vite réprimés : quand on est chef, il faut savoir se dominer.

Heureux de se faire offrir un repas gastronomique, l'inspecteur Thobie se lança dans l'une de ses improvisations favorites.

— Commissaire ! dit-il, la ferme-auberge de Bouffe-Patates près de Rochefort-en-Terre est l'un des derniers bastions de la vraie et grande cuisine paysanne française. Vous verrez, commissaire, un jour la Bretagne sera le dernier carré de la dernière garde retranchée dans ses dernières traditions. Vous verrez, commissaire, un jour les Bretonnes remettront leurs belles coiffes de dentelles sur leur tête, remettront leurs belles robes de velours brodées de fines perles multicolores. Vous verrez, commissaire, un jour tous les Bretons, jeunes et vieux, tous se coifferont du grand chapeau rond. Heureusement un certain nombre savent encore jouer de la cornemuse, du biniou, de la bombarde. Vous verrez, commissaire, avec deux ou trois autres vieilles provinces, la Bretagne sera le dernier refuge de la France profonde.

— Inspecteur Thobie, dit Le Garec, pour couper court à un discours qui s'annonçait long et grandiose, et si on vous nommait commissaire à Paris ?

— Moi, commissaire à Paris ? C'est de la moquerie ou c'est une insulte ? Vous me voyez là-haut, voyageant dans le métro pour aller au boulot, et respirant un air sept fois pété au cours de la journée par des voyageurs ayant mangé la veille du chili con carne ? Je préfère être nommé gardien de la paix à Vannes, à la circulation, avec képi et bâton blancs. — Piétons, attendez ! voitures, passez ! — Voitures, passez ! Piétons, attendez ! — Vert, circulez ! Rouge, arrêtez ! Certes, à la fin de la journée, je rentrerais peut-être chez moi les bras fatigués, les yeux qui louchent, daltonien, bigleux, mais au moins je ne me poserais pas de questions sur le pour qui et le pour quoi des gens et des choses. Enfin je serais devenu philosophe. Comme un célèbre émule du non moins célèbre Salvator Dali, je tomberais de bonne et saine fatigue piétonne dans mon grand fauteuil d'osier, devant ma télé éteinte, et je dirais... que dis-je, je déclamerais : “Je m'en badigeonne le nombril avec le pinceau de mon indifférence.” Et autour de l'œil si profond de mon nombril ainsi dépoussiéré, je dessinerais une belle carte du monde pour faire plus joli. Je serais le nombril du monde qui regarde tout, qui pense à tout, et qui se fout de tout... heureux quoi !

« Enfin, commissaire, Paris ! Paris ! c'est pas le nombril du monde. Si on réfléchit bien, calmement, Paris, c'est pas tellement grand. Si on en parle tant c'est tout simplement parce qu'il y a beaucoup d'habitants, beaucoup trop d'ailleurs, sur une trop petite surface. S'ils étaient moins nombreux, ils vivraient mieux, à Paris. Ce sont des gens bruyants. Ils se bousculent, forcément, se marchent sur les pieds, en deviennent impertinents. Vous les avez vus aux passages cloutés ? Toute une rangée agglutinée de chaque côté de la chaussée, arrêtée aux feux rouges, tous qui attendent en piaffant d'impatience. Le rouge n'est pas encore viré au vert qu'ils foncent coude à coude, comme des bêtes, tête baissée, se croisent au milieu de la rue, en se bousculant, en s'injuriant parfois... Pouvez pas faire attention ! Crétin ! Mal élevé !... En pleine rue ils se lancent à la figure des noms d'oiseaux plus ou moins exotiques, et jusqu'à des mots malodorants... sont des cons... manquent de savoir-vivre.

« Chez nous, commissaire, en Bretagne, dans nos jolies petite villes, pas prétentieuses pour un sou, t'attends calmement aux passages cloutés. (Enfin cloutés, c'est beaucoup dire, autrefois oui, cloutés avec de beaux gros clous chromés, luisants comme des yeux de serpents, mais ça coûtait trop cher d'entretien à nos petites villes, il fallait deux à trois femmes de ménage qui passent, chaque matin, avec chiffon et bidon de Miror pour astiquer les clous. Trop cher ! Alors on a arraché les clous, comme on arrache les dents, et à la place, un jour, par économie et pour faire moderne, on a peint des bandes blanches sur le bitume noir. Ça fait un peu bandeau apache, sioux, mais peu à peu les visages pâles civilisés s'y sont habitués. Ils traversent. C'est là le principal.) Je disais donc que chez nous, en Bretagne, t'es pas pressé. Pourquoi vivre à 100 à l'heure quand tu peux vivre à 20 à l'heure. Tu consommes moins. Les pneus ne chauffent pas. Tu économises le moteur. Il dure plus longtemps. Et tu as le temps d'admirer le paysage, de scruter le visage des gens, de lire dans leurs pensées. Donc, chez nous, en Bretagne, t'attends aux passages jadis "cloutés". Si, de l'autre côté de la rue, tu reconnais un copain, tu fais des signes d'amitié. Si c'est la femme du copain, quand le feu passe au vert, tu t'avances gentiment, avec un grand sourire gourmand, tu t'arrêtes au milieu de la chaussée le temps de lui donner un gros baiser, de la serrer dans tes bras, c'est ça, la vie... Oh bien sûr ! ça klaxonne un peu côté voitures... mais au feu vert, en passant, ça vous crie : "Veinard !" Ça encourage... Ça fait plaisir... C'est ça, la grande différence entre Paris et la Bretagne. Côté façon de vivre, nous les Bretons, on n'a pas les mêmes références, ni les mêmes valeurs que les Parisiens. Côté crime, c'est la même chose. D'abord, il y en a beaucoup moins en Bretagne, à cause du savoir-vivre. Et quand il y en a, ils sortent de l'ordinaire. Exemple : occire proprement une jolie rousse, sans l'abîmer d'aucune manière, et se payer le luxe de l'allonger nue, une nuit de Toussaint, sur la table d'un dolmen, les seins dressés vers le ciel, les pieds dirigés vers trois beaux menhirs, ça ne manque ni d'originalité, ni de panache. C'est breton. C'est pas le petit crime minable de la femme violée qu'on retrouve au petit matin, jupe retroussée, morte recroquevillée entre deux voitures japonaises dans le troisième sous-sol du parking souterrain d'Orly ou de Roissy. Là-haut, côté crime, ils sont vulgaires, manquent d'imagination. C'est le standard monotone de gens très ordinaires et toujours trop pressés[1]. »

Thobie stoppa la voiture. Ils étaient arrivés à la ferme-auberge Bouffe-Patates. Un grand bâtiment en L. Une vieille ferme bretonne, pas différente de la plupart des autres perdues dans la campagne, mais une partie de celle-ci avait été convertie en restaurant qui, en principe, ne devait servir qu'une cuisine élaborée à partir des produits de la ferme.

1. L'auteur de ce livre prie ses lecteurs parisiens d'excuser les propos tenus à leur égard par l'inspecteur Thobie. Mais ledit auteur ne pourrait en aucune manière être tenu pour responsable des déclarations d'un inspecteur de police par ailleurs très efficace dans ses enquêtes.

À droite de l'entrée, un grand tableau noir sur lequel était écrit à la craie blanche et en gros caractères :

On a tué le cochon hier
Faut le manger aujourd'hui

Ils entrèrent, sourire aux lèvres. Un certain humour devait habiter les lieux. Une jeune fille aguichante, tablier blanc, les accueillit. Le Garec avait levé deux doigts.

— Deux ? dit la blonde. Placez-vous où vous voulez, aujourd'hui il y a de la place. Nous attendons un groupe, mais beaucoup plus tard.

Les deux gastronomes une fois installés à une petite table près de la fenêtre du fond, la jeune et jolie serveuse vint leur présenter la carte.

— Il y a deux menus au même prix, dit-elle. L'un pour ceux qui n'aiment pas le cochon, l'autre pour ceux qui n'aiment pas la volaille.

— Ça ne peut être plus franchement dit, fit remarquer Thobie au commissaire lorsque la fille s'éloigna. Vous croyez qu'elle a deviné que nous étions deux poulets ?

— Thobie ! s'insurgea Le Garec.

— Pour moi ce sera le menu cochon, dit Thobie sans la moindre hésitation. Vous avez lu, commissaire, entrée : "terrine campagnarde au lapin de garenne". Autrement dit lapin sauvage élevé en liberté dans la lande. Pépé la Braconne doit venir livrer jusqu'ici... Quant au plat dc résistance, il m'excite et me met l'eau à la bouche : "échine de porc à l'andalouse" ! Commissaire ! une échine de cochon breton caressé par les mains douces d'une belle Andalouse. Ben mon cochon ! Je salive... Plateau de fromages... Far breton, farci avec des pruneaux d'Agen, comme il se doit.

— Et tout ça pour seulement 95 francs ?

— Commissaire, vous m'avez dit que nous n'étions pas riches...

La jeune serveuse était revenue, l'écritoire à la main.

— Vous avez choisi, messieurs ?

— Deux cochons, dit Le Garec, avant de demander : "Pourquoi *à l'andalouse ?*"

— Parce qu'il est cuit au xérès, répondit la jolie blonde.

— Le pauvre ! dit Thobie... on l'a saoulé au xérès avant de l'exécuter... La dernière cigarette...

La fille riait. Elle avait de belles dents blanches.

— Comme boisson ? Le pichet de rouge du patron ?... Il est très bon.

— D'accord ! dit Le Garec.

Deux couples entraient. Tout l'air de retraités en balade. La blonde serveuse partit au-devant d'eux.

— Eh bien, Thobie ! Nous n'avons pas perdu notre temps, ce matin. Vous êtes content ? Votre enquête semble avoir pris un bon coup d'accélérateur, mais j'ai comme l'impression que vous me cachez quelque chose. Je me trompe ? Ce pot de confiture qui tombe... Vous pouvez me développer la photo que vous avez prise chez Jules, côté épicerie ?

— Commissaire ! vous voulez que je me trempe les yeux dans un bain de révélateur chimique ? C'est dangereux, ça. Je peux en devenir aveugle. En fait, sur le pot de confiture de ce matin, je suis perplexe. Le geste malencontreux était-il accidentel ou était-il émotionnel ? Dans ce dernier cas, c'est le début d'un aveu. Dans le premier cas, ça ne veut rien dire. Jusqu'à plus ample informé, l'Odette, me paraît une honnête femme. Et puis, à propos de maladresse, il m'est arrivé la même chose un jour, à un détail près. Mais moi, c'était beaucoup plus grave.

— Plus grave, pourquoi ?

— Parce que moi, c'était un pot de moutarde forte, et dans le magasin tout le monde s'est mis à éternuer.

— Certains jours, Thobie, il est quand même difficile de rester sérieux avec vous, par exemple lorsque vous annoncez, en toute innocence, que vous mangez la morue avec de la moutarde, ou du hérisson...

— J'avoue, dit Thobie, j'avoue.

— Inspecteur, vous en savez long sur cette Odette, n'est-ce pas ?

— Oui, commissaire.

— Et vous ne voulez pas me dire qui elle est exactement ?

— C'est tout à fait ça, commissaire, pas aujourd'hui. Demain après-midi seulement. Si je vous le disais maintenant, où continuerait pour vous le suspense de l'enquête ? Ce serait fini... n-i ni... Imaginez-vous un instant dans la peau d'un auteur de romans policiers. Tout à coup, à la page 100, il dévoile le nom du meurtrier et ses mobiles. Le lecteur ferme le livre aussitôt. Il n'a plus aucune raison de continuer, puisqu'il sait tout. Le bouquin est devenu jetable. Il va droit dans le sac poubelle avec les épluchures de la journée. Déception ! D'ailleurs, le lecteur n'aurait même pas eu le plaisir de lire les cent premières pages, parce que l'éditeur, en lisant le manuscrit tronqué, aurait dit à l'auteur : “Cher ami, vous manquez de souffle créateur, vous ne semblez pas avoir une imagination assez fertile, je pense que vous devriez vous reconvertir dans les métiers manuels, par exemple cireur de chaussures au pied de la tour Eiffel. À longueur de journée, vous regardez le grand défilé des visages pâles, bronzés, noirs, jaunes, gris, rieurs, souriants, tristes, renfrognés, qui passent devant vous, et vous méditez sur les grandes migrations humaines à travers les âges, et vous essayez de calculer le nombre infini de paires de chaussures de toutes sortes qu'il a fallu à ces gens pour parcourir des distances aussi fabuleuses. Et vous apprenez ainsi, la boîte à cirer toujours à côté de vous, vous apprenez à bien aligner les pieds par douze. Important, très important, par douze. Une douzaine de pieds, pas plus, pas moins. Et au bout de deux, trois ans, ou davantage, vous m'apportez un joli recueil de poèmes écrits en beaux alexandrins du genre :

Viens-tu du ciel profond ou sors-tu de l'abîme,
O Beauté ? ton regard, infernal et divin,
Verse confusément le bienfait et le crime,
Et l'on peut pour cela te comparer au vin[1]."

« Et l'éditeur dirait : "Du pied de la tour Eiffel rapportez-moi du Rimbaud, du Verlaine, du Guillaume Apollinaire, et que les mots coulent, bruissent, et caressent comme eaux de rivières sur les galets enchantés. Encore de nos jours (dirait l'éditeur famélique), il y a quelques gens aimant la poésie. Hélas ! ils sont si peu nombreux, et si peu fortunés. Cher ami, je vous publierai, à vos frais, en petite édition intime, sur papier recyclé et biodégradable, pour que, dans un proche futur, les vers de terre se nourrissent de l'esprit de vos vers et fertilisent ainsi notre Terre. Elle en a grand besoin pour satisfaire tant de bouches affamées, ouvertes, tendues vers le ciel, en l'attente d'une manne miraculeuse. Très cher grand Auteur, je vous publierai avec plaisir. Une petite centaine d'exemplaires vous suffiront, je pense ? À vos

1. Charles Baudelaire : *Les Fleurs du mal.*

frais, naturellement... à vos frais ! Vous les vendrez facilement sur les quais et sous les ponts de Paris. Il y a des touristes et des clochards cultivés... Dieu soit loué !" »

Le Thobie inspiré s'était tu.

La jeune serveuse blonde, aguichante, souriante, apportait la terrine de lapin de Pépé la Braconne, le pain de campagne, le pichet de rouge du patron. Le déjeuner pouvait donc commencer.

Les deux hommes mangèrent en silence. Pendant une bonne dégustation de terrine de lapin de garenne, il est interdit d'ajouter un quelconque assaisonnement de paroles. Le pâté de lapin disparu des assicttes, Le Garec dit :

— Thobie, vous ne vous êtes pas demandé pourquoi depuis quelque temps je vous laissais un peu, et même beaucoup, la bride sur le cou, vous laissant en fait mener les enquêtes à ma place ?

— Non. Je pensais qu'après tout c'était une très bonne méthode. On gagnait du temps. Pourquoi être deux à poser les mêmes questions à la même personne ? Un seul suffit. À vous, commissaire, les corvées, les journalistes curieux, les juges pointilleux, les procureurs nerveux, et à moi la tranquillité du terrain.

— Justement, Thobie, c'est que votre petite tranquillité du terrain, comme vous dites si bien, va bientôt prendre fin.

— Vous me virez, commissaire ? dit Thobie, faussement inquiet.

— Non, inspecteur, c'est moi qui m'en vais.

— Mais où ?

— Tout bêtement à la retraite, à la pêche à la ligne, Thobie, tout bêtement...

— Quoi ? Déjà ? Mais qu'est-ce que je vais devenir ? Je vais devoir m'habituer à travailler avec un autre commissaire. Mais c'est pas possible. Vous ne pouvez pas me faire ça !

— Inspecteur, vous n'aurez pas besoin de vous habituer à travailler avec un autre commissaire pour la bonne raison que le nouveau commissaire, ce sera vous.

Thobie, incrédule, regardait Le Garec, bouche bée, l'air idiot.

— Mais je n'ai pas passé le concours, finit-il par dire.

— Thobie, on a estimé que, dans votre cas, c'était parfaitement inutile. Seulement, inspecteur, pour l'instant gardez le silence. Cela deviendra officiel dans quelques mois.

— Ah bon ! dit Thobie, en regardant le cochon andalou qui arrivait dans son assiette. Ah bon !

— Il ne faut pas que ça vous coupe l'appétit, dit Le Garec en riant. Allez Thobie ! trinquons avec notre verre de rouge, en attendant de le faire bientôt avec une coupe de champagne. Et je ne vais pas faire le curieux, j'attendrai demain après-midi pour que vous me disiez à qui cette fois-ci nous allons passer les menottes, car j'espère que vous m'inviterez à la cérémonie.

— Indispensable, commissaire, indispensable ! Je ne suis pas encore sûr, à cent pour cent, du nom du coupable. Et je n'ai aucune preuve. Alors je préfère me taire.

La fin du repas se déroula dans la bonne humeur. La salle se remplissait, devenait animée et bruyante. L'auberge de Bouffe-Patates avait une certaine renommée dans le pays.

Les deux policiers de nouveau installés dans leur voiture, Thobie au volant et prenant la direction de Vannes, Le Garec demanda à son inspecteur :

— Thobie, on peut savoir, sans aucune indiscrétion de ma part bien entendu, quel est votre programme pour cet après-midi ?

— Eh bien, commissaire, quelques visites à faire. D'abord hôpital voir si Yves Dréno surmonte sa crise cardiaque et s'il est en mesure de répondre à quelques questions indiscrètes, car j'ai le sentiment que toute l'affaire tourne autour de lui, qu'il en est le centre. Ensuite me rendre à son appartement, face au port, raccrocher au tableau les clés de l'auberge du Meunier. Nous n'en avons plus besoin.

— Car je suppose, dit Le Garec, que vous avez aussi, dans votre poche, les clés de l'appartement d'Yves Dréno.

— Un double seulement, commissaire ! Quand Yves Dréno m'a faussé compagnie, emporté sur un brancard par deux infirmiers, je ne pouvais pas le suivre en laissant la porte ouverte. Cela n'aurait pas été correct de ma part.

— C'est une évidence, Thobie, et vous êtes un homme très correct...

— N'est-ce pas ? En fait, je vais retourner chez lui pour prendre quelques photos indispensables... avec mes yeux. Je ne vais toucher à rien... ou si peu, commissaire. Je cherche deux personnes : une femme et le fils secret d'Yves Dréno.

Chapitre IX

L'inspecteur Thobie avait laissé le commissaire Le Garec devant les bureaux de la PJ de Vannes. Il avait ensuite porté les vêtements de Rosen aux collègues de l'identité judiciaire. Il ne croyait guère à d'éventuelles empreintes. Le tissu est, en général, peu bavard sur les gens qui le touchent. Seuls les cheveux roux trouvés sur le peigne et le tricot diraient sans doute qu'ils appartenaient bien à la morte du dolmen. Mais Thobie le savait déjà. Il avait seulement gardé l'imperméable gris anthracite de la victime.

Il reprit sa voiture et monta à l'hôpital. Il y apprit qu'Yves Dreno était enfin sorti de la phase critique, qu'il allait peut-être s'en sortir. On essayait de le ramener lentement à un tonus suffisant pour tenter un triple pontage coronarien, seule chance de salut. Mais l'interroger, pas question ! Thobie s'en était donc retourné sans insister, et était descendu au port. Il s'était garé au deuxième parking, face au 124, avenue De Lattre-de-Tassigny. Un petit vent sec s'était levé et faisait tinter les mâts des bateaux de plaisance.

Il se dirigea vers le petit immeuble, monta les marches jusqu'au deuxième étage, sonna chez les Guyomar, à qui, contrairement à ce qu'il avait dit au commissaire Le Garec, il avait confié les clés de l'appartement d'Yves Dréno. Ce fut la Nicole qui lui ouvrit.

— Ah bonjour, inspecteur ! Quelles nouvelles ?

— J'arrive de l'hôpital, dit Thobie. Les toubibs ont un espoir de sauver votre voisin. Mais pas question de le voir.

— Je sais, dit la Nicole. Nous avons téléphoné, espérant pouvoir lui rendre visite. Mais rien à faire.

— Votre mari n'est pas là ? demanda Thobie.

— Non. C'est le jour de faire pan-pan avec les boules. Les copains d'abord, la femme ensuite. Je vous sers quelque chose ? Non ? Oh allez ! je vois votre nez qui remue... une petite prunelle...

— Toute petite, alors... toute petite...

Introduit au salon, Thobie, assis dans un fauteuil confortable, se disait que parfois les enquêtes criminelles ont des à-côtés qui ne sont pas forcément désagréables. Exemple : déguster une prunelle pour aider la digestion d'une échine de porc à l'andalouse. Mais Thobie, dans le même temps, se tenait sur ses gardes. Il ne fallait pas se laisser piéger par la Nicole. Elle était brave, la Guyomar, bonne vivante, sympathique, pétulante, un peu bavarde, un peu légère, un peu aventurière... Attention !

— Et cette enquête, ça avance ? demanda-t-elle en revenant avec deux petits verres à dégustation et une bouteille qui représentait un corsaire de Saint-Malo, unijambiste et œil bandé.

— Tout doucement, répondit Thobie. Nous avons récupéré les vêtements de la femme nue du dolmen.

— Ah ! Et où ça ? demanda la Nicole.

— Bien cachés dans l'auberge du Meunier.

— Chez Yves Dréno ?

— Oui, madame.

— Qu'est-ce que ça veut dire, ça ? Quelqu'un voudrait lui faire porter le chapeau ?

— C'est ce que vous pensez aussi ? dit Thobie qui observait les réactions de cette femme franche, directe, nature.

— Ben oui ! dit-elle. Yves Dréno, le dimanche midi a déjeuné avec nous. Vous comprenez, depuis la mort de sa femme, il y a à peine six mois, il est obligé de faire lui-même sa popote. C'est pas qu'il n'est pas doué, mais faire la cuisine pour une seule personne, c'est pas folichon. Alors, comme c'est un bon voisin, on l'invite de temps en temps, le dimanche ou certains jours de fête. Il participe, apporte le vin, le dessert. Tout le monde s'y retrouve. L'après-midi, il a été à son club de bridge. Le soir, il était là, même que sa télé était réglée un peu forte. Ça ne peut pas être lui qui a fait le coup.

— Non, dit Thobie, ça ne peut pas être lui. Mais lui connaît celui ou celle qui a fait le coup, comme vous dites. Et il n'a pas eu le temps de me le dire, et je ne peux pas l'interroger. Alors je vais tâtonnant à droite, à gauche, comme un aveugle qui avance pas à pas avec son bâton blanc.

— Je comprends, dit Mme Guyomar. Je voudrais bien vous aider. Mais je vous ai dit tout ce que je savais.

— J'en suis convaincu, répondit Thobie. En tout cas, la femme rousse qui est venue vendredi dernier, après-midi, chez votre voisin, est bien la femme du dolmen.

— Pas possible ? dit la Nicole. Pas possible ?

— Madame Guyomar, vous m'avez bien dit que la femme rousse portait un imperméable gris anthracite serré à la ceinture ?

— Oui.

— Vous le reconnaîtriez ?

— Certainement ! c'est une couleur assez rare, au moins dans le coin.

Thobie sortit du sac plastique, qu'il avait gardé à côté de lui, l'imperméable de Rosen. Il se mit debout, déplia l'imperméable devant lui.

— C'est ça... c'est bien le même ! dit Mme Guyomar.

Thobie rangea l'imperméable dans son sac. Ce n'était qu'une simple formalité, une simple confirmation de ce qu'il savait déjà.

— Excellente, votre prunelle ! dit Thobie après avoir regagné son fauteuil et avoir bu une gorgée d'alcool.

La Nicole Guyomar était sous le choc. La femme qu'elle avait écoutée entrer en paradis vendredi dernier dans la chambre d'Yves Dréno était morte, était la femme du dolmen.

— Madame Guyomar, dit Thobie, après un moment de silence, vous voulez m'aider, me rendre un service ?

— Bien sûr, inspecteur, demandez !

— Normalement, chaque semaine il y a donc la "payse" qui vient chez votre voisin. Logiquement, demain, elle devrait donc arriver.

— Oui, à moins qu'elle sache qu'il est à l'hôpital.

— Nous avons fait en sorte qu'aucune information concernant la crise cardiaque d'Yves Dréno ne soit divulguée.

— Alors, normalement, elle doit arriver à 15 heures, avec son cabas à bout de bras. À cinq minutes près, c'est son heure. Je pense qu'elle vient de là-haut par un autocar régulier.

— Bien ! Ce qu'il faut, c'est que cette femme n'entre pas chez Yves Dréno. Elle ne doit pas y entrer.

— Comment voulez-vous qu'elle entre sans clés ? dit Nicole, candidement.

— Très juste ! Mais si elle avait les clés ?...

Et, à ce moment, Thobie pensait que là-haut, à l'auberge du Meunier, celui ou celle qui avait caché les vêtements de Rosen avait aussi les clés.

— Je ne crois pas qu'elle ait les clés, puisque d'habitude je l'entends toujours sonner.

— D'habitude oui, madame Guyomar. Mais lorsqu'on enquête sur un crime, on se méfie terriblement des habitudes. On fait un tas de suppositions. On prend un tas de précautions. On enregistre la réaction des gens... certaines réactions sont parfois très inhabituelles. Mener une enquête criminelle, c'est tout un état d'esprit très particulier. On tend des pièges, etc., etc. Personne ne doit entrer chez Yves Dréno.

— Compris, inspecteur ! compris ! Mais comment voulez-vous que je l'en empêche si, par hasard, elle avait les clés ?

— Tout à l'heure je vous l'expliquerai. Vous verrez, ce sera très simple. De toute façon, demain à 15 heures je serai stationné juste en face. Si quelque chose d'anormal se passait sur votre palier, venez aussitôt à l'une de vos fenêtres qui donnent sur le parking et agitez n'importe quoi, un torchon, une serviette, et j'arriverai immédiatement.

— Inspecteur, vous croyez vraiment que demain il va se passer quelque chose ?

— Non, j'essaie seulement de le prévoir. Je pense que si la “payse” vient demain, à son heure habituelle, je pense qu'elle va être très, très déçue. Elle risque d'ailleurs de venir frapper à votre porte pour se renseigner.

— Et si elle le fait, qu'est-ce que je dois lui répondre ?

— Mais tout simplement la vérité... lui dire qu'Yves Dréno a eu une crise cardiaque lorsqu'il a appris par un inspecteur de police que la femme nue du dolmen d'Organ n'était autre que Rosen... Lui dire qu'Yves Dréno est depuis à l'hôpital, en soins intensifs, et qu'il est absolument interdit par les médecins de lui rendre visite. Donc, vous voyez, la stricte vérité, sans rien ajouter de plus. Je pense d'ailleurs que la dame en question devrait pâlir et n'avoir pas tellement envie d'insister. Elle devrait très vite repartir. Quant à moi, je monterai vous voir aussitôt après.

— Vous connaissez cette femme, inspecteur ?

— Je crois la connaître, j'ai des soupçons, mais je n'ai encore aucune certitude quant à sa culpabilité. Bien entendu, ne parlez de tout ceci à personne, sauf à votre mari.

— Je suis bavarde, dit la Nicole, très bavarde même, mais je sais aussi me taire quand c'est nécessaire.

— C'est bien pourquoi je vous fais entière confiance, dit Thobie en vidant son verre de prunelle. Je vous le promets, madame Guyomar, lorsque nous aurons démasqué le coupable je viendrai tout vous expliquer. Pour l'instant je ne le peux pas.

La Nicole n'insista pas. Elle était plutôt flattée du rôle que l'inspecteur Thobie entendait lui faire jouer. Elle se voyait sur le petit écran de sa télé jouant une scène capitale avec Columbo. D'accord, Thobie ne ressemblait pas à Columbo, mais il n'était pas mal non plus. Pas mal du tout, et puis tellement sympathique.

— Madame Guyomar, dit Thobie, je vais vous demander les clés de l'appartement d'Yves Dréno. J'ai besoin d'aller vérifier quelques détails. Je vous les rapporterai tout à l'heure.

Thobie, debout et seul au milieu de l'appartement d'Yves Dréno, respira un grand coup et dit à mi-voix :

— La Nicole d'à côté, certes, est un peu encombrante, il faut la subir, mais c'est quand même grâce à elle, et à ses grandes oreilles qui écoutent à travers les cloisons, que l'enquête a progressé aussi vite. Je vais visiter sans bruit.

Il se dirigea d'emblée, d'instinct, vers la bibliothèque. Thobie aimait les livres, les lire, les regarder, les caresser. Allez savoir pourquoi ! Il lut un titre, puis deux, puis trois, fut surpris. Yves Dréno avait des lectures très singulières. Quelques titres au hasard :

Les Évangiles du diable, Histoires maléfiques, Contes macabres, Récits cruels, Contes sorciers, Histoires venimeuses, Récits étranges, Légendes du Morbihan, Sorcelleries, Druidisme et celteries, Ouverture en baie des vivants, Fantômes bretons, etc., etc.

Certains de ces ouvrages dataient de 1857-1879. *Il y a là-dedans*, se dit Thobie, intrigué, *combien d'histoires de dolmens et de menhirs, de sacrifices humains des temps celtiques ?*

Et sur une étagère au-dessous, toute une collection à reliure rouge d'une trentaine de livres, intitulée "L'Aventure mystérieuse" : *L'Or du millième matin, Univers interdit, La Vie après la vie, Trésor maudit*, etc., etc.

Et Thobie de penser : *La personne qui a commis le crime, là-haut à Languidic, ne s'est-elle pas inspirée de ces lectures, au moins pour la mise en scène mortuaire. Il arrive souvent que les criminels calquent leur attitude sur des faits racontés dans les livres ésotériques et dans les romans policiers. Fiction et réalité se confondent dans l'esprit des gens. Il est vrai que la frontière entre les deux est souvent minime, infime.* Plus il avançait dans son enquête et plus il était persuadé que tout tournait autour d'Yves Dréno.

Il se détourna de la bibliothèque. Près de la fenêtre se dressait un secrétaire d'assez belle facture, peut-être une copie de Louis XV. Le meuble était ouvert. Divers papiers dépassaient d'un petit classeur posé dessus. Il y jeta un coup d'œil. Rien d'important. Mais, pour un policier, la chose était irrésistible, l'envie insurmontable. Pire que le doigt de la petite fille devant un pot de confiture... La main de l'inspecteur devenait de plus en plus curieuse. Elle ouvrit le premier tiroir. Et Thobie fouilla consciencieusement, méticuleusement. Il se surprit même en train de murmurer :

« Rosen, es-tu là ? Et toi, mon fils ? »

Mais l'inspecteur était déçu. Il allait de banalités en banalités. Chemise rouge pour les déclarations d'impôts. Chemise bleue pour les notes de gaz, d'eau, d'électricité. Chemise jaune pour les assurances. Chemise verte pour le divers, le tout-venant.

Tout au fond du premier tiroir, il y avait une grande enveloppe grise qui portait cette mention, en grosses lettres :

« Ceci est la copie de mon testament. L'original a été remis à Me Groumelec, notaire à Vannes. »

Quel dommage ! l'enveloppe était cachetée. Thobie la tourna, la retourna entre ses doigts. *Je t'ouvre ou je t'ouvre pas ?* Il y avait un coupe-papier sur le secrétaire. Un très joli coupe-papier en bois d'ébène, avec une tête de femme indienne sculptée sur le manche. Il le prit. Mais, au dernier moment, il n'osa s'en servir. Yves Dréno n'était pas mort. À cet instant de grande et diabolique tentation, Thobie se souvint du vieux curé qui lui avait, jadis, et avec un bel entêtement ecclésiastique, enfoncé dans le crâne une bonne quinzaine de commandements divins qu'il ne fallait pas enfreindre, et d'autant de choses tentantes qu'il ne fallait point faire, ou qu'il n'était point convenable de faire.

Thobie remit le coupe-papier d'ébène à tête de femme indienne là où il l'avait pris... avec regret... avec soupir... Thobie avait par moments de troublantes réminiscences de chrétienté.

Il ouvrit le deuxième tiroir. Son contenu était encore plus décevant que celui du premier. Des notices sur divers appareils ménagers, machine à laver, frigo, rasoir électrique, aspirateur, télévision, robots culinaires en tous genres... Ah ! au fond du tiroir, un document qui avait peut-être son intérêt : « contrat de mariage ». Décidément, Yves Dréno mettait au fond de ses tiroirs les choses les plus importantes, quoique Thobie ne comprît pas bien pourquoi le contrat de mariage était classé avec les notices et garanties des appareils ménagers. Dans le couple Dréno il y avait peut-être notice d'utilisation et garantie ? Thobie ouvrit le document et apprit qu'Yves Dréno avait été marié à Simone Mallaric sous le régime de la communauté réduite aux acquêts. Thobie remit le document à sa place. Ça lui faisait une belle jambe ! Toutefois, il sortit de sa poche son petit carnet "spécial enquête" et nota Simone Mallaric, à tout hasard, vraiment à tout hasard.

De chaque côté du secrétaire, vrai ou faux Louis XV, il y avait deux petits tiroirs. Par acquit de conscience ou geste machinal, Thobie les ouvrit. Dans l'un, une collection de boutons de manchette, une boussole, une loupe, une vieille montre oignon, crayons, gomme, tube de colle... bref, un joli petit fouillis. Dans l'autre, un chéquier, etc., etc., un carnet noir, long et étroit. Thobie s'en saisit immédiatement.

C'était un agenda de poche.

— Ah ! Ah ! dit Thobie à haute voix. Ah ! Ah !

Il avait oublié une seconde que, dans l'appartement d'à côté, il y avait une drôlesse à l'ouïe fine, et qui devait avoir l'oreille collée à la cloison de la salle de bains pour essayer de savoir ce que l'inspecteur pouvait bien faire tout seul chez Yves Dréno... *Il fouille... il fouille...*

Thobie alla s'asseoir dans le fauteuil qu'il occupait, mardi matin, en face d'Yves Dréno. Son verre était toujours là. Il était vide. La bouteille de blanc ne l'était pas. C'était une anomalie. Thobie hésita. Non... après la prunelle de la Nicole, le blanc sec lui ferait mauvaise bouche.

Il feuilleta le carnet noir. Premières pages couvertes des banalités très ordinaires de la vie quotidienne. Numéro de Sécu, numéro de voiture, adresses d'assurances, de docteurs...

Thobie parcourait le carnet page après page, mois par mois, et était terriblement déçu. Il en arriva au répertoire téléphonique. Celui-ci ne s'annonçait pas d'une lecture plus passionnante. L'adresse d'une compagnie de navigation, probablement celle où avait travaillé Yves Dréno en tant que capitaine. Suivait une liste de noms, sans adresse, seulement le numéro de téléphone. Probablement des amis, des copains, des relations.

Thobie arrivait à la fin du répertoire, à la page des X. Elle était uniquement occupée par cette adresse :

Mme X...
14, rue de Belfort
75011 PARIS
Tél. 01.47.63.21.34

— Mme X..., Mme X..., répéta Thobie plusieurs fois.

Il prit à nouveau son carnet personnel, "spécial enquête", et nota l'adresse et le numéro de téléphone. Si nécessaire il téléphonerait à cette Mme X...

Il tourna la page du répertoire. Il arrivait donc à la page des Y. Et là, il ouvrit de grands yeux, vraiment de très grands yeux. Pleine page était écrit :

Mon fils...
Yan Le Houarn
Cuisinier au Relais de Taillevent
56 - Le Faouët

Mon fils ! De quoi rester perplexe. Mon fils ! Thobie remarqua qu'Yves Dréno n'avait noté ni le code postal, ni le numéro de téléphone. Cela voulait-il dire qu'il n'écrivait jamais, qu'il ne téléphonait jamais à Yan Le Houarn, son fils ?

— Il y a du mystère là-dessous, dit l'inspecteur à mi-voix, en notant le nom et l'adresse sur son carnet, à la suite de Mme X...

Thobie estima qu'il avait sans doute fait là une découverte capitale. La page Z du répertoire ne lui apprit rien d'autre. Yves Dréno n'avait pas l'adresse de Zorro.

Il remit le carnet dans le petit tiroir du secrétaire au-dessus du carnet de chèques. Il regarda une dernière fois la bouteille de blanc et quitta l'appartement en refermant soigneusement derrière lui serrure et verrou.

Le temps était venu pour l'inspecteur Thobie de se livrer à l'un de ses petits stratagèmes très personnels, qui n'ont absolument rien d'officiel, mais qui impressionnent.

Devant la porte fermée, debout sur le palier, Thobie sortit tranquillement de sa poche un rouleau de papier adhésif. Il déchira une première bande de dix centimètres qu'il colla horizontalement sur l'entrée de la serrure. Il déchira une autre bande de même longueur qu'il colla verticalement. Ça faisait une jolie croix sur la porte. Il exécuta la même décoration, cinquante centimètres plus haut, sur l'entrée du verrou.

Thobie était absolument persuadé que la Nicole Guyomar avait l'œil collé au judas de sa porte, en train de le regarder et de se dire : *Mais qu'est-ce qu'il fait ? Mais qu'est-ce qu'il fait ?*

Il remit le rouleau adhésif dans sa poche et sortit une boîte et un tampon encreur. D'un geste très professionnel, il appliqua trois coups de tampon sur la croix de la serrure et trois coups sur la croix du verrou : Police judiciaire de Vannes.

Content de lui, Thobie se retourna et sonna chez la Guyomar. La porte s'ouvrit à peine deux secondes plus tard. Aucun doute possible, l'ouverture avait été si prompte que l'inspecteur en conclut que la Nicole était bien restée l'œil collé au judas, postée en sentinelle.

— Je viens de mettre les scellés à l'appartement d'Yves Dréno, dit Thobie, très officiel.

— Ah bon ! dit la Nicole.

— Je vous donne les clés tout de même. Mais désormais personne ne peut entrer chez votre voisin.

La Nicole Guyomar restait bouche bée, stupéfaite.

— À demain, madame, comme convenu ! dit Thobie en commençant à descendre l'escalier.

— À demain, inspecteur ! répondit la Nicole, sur un timbre de voix qui ne lui était pas habituel.

Thobie regagna sa voiture stationnée sur le parking en face. Fort heureusement pour sa réputation, il ne rencontra personne. En effet, si des gens l'avaient croisé, ils n'auraient sans doute pas manqué de se dire : *Il est fada, celui-là ! Il rigole tout seul.*

Revenu à son bureau de la PJ, Thobie prit l'annuaire téléphonique et chercha le numéro du Relais de Taillevent au Faouët. L'ayant noté, il décrocha son téléphone, puis se ravisa. Non, pas lui. Il allait faire téléphoner sa secrétaire.

— Relais de Taillevent ?

— Oui, mademoiselle !

— Est-ce que Yan Le Houarn travaille toujours chez vous ?

— Bien sûr, c'est notre meilleur jeune cuisinier, pourquoi ? Vous voulez lui parler ?

— Non, madame, merci ! c'était juste pour un renseignement administratif.

La secrétaire de police avait raccroché.

— C'est à peine correct, ce que vous me faites faire, inspecteur Thobie, dit-elle.

— Gisèle, allons ! c'est à peine correct d'empoisonner une jolie femme et de l'exposer nue sur un dolmen. À peine correct !

— Pourquoi, inspecteur ? Ce Yan Le Houarn est l'assassin ?

— Non, non, pas du tout, mademoiselle Gisèle ! Pas du tout, un cuisinier aux relais des ducs de Bretagne ne met jamais de poison dans les civets de lapin. Non, non, ce n'est pas lui. J'ai simplement envie de lui rendre visite demain matin.

Pauvre Gisèle ! Pas simples à suivre, les raisonnements de l'inspecteur Thobie. Pas simples du tout !

Jeudi 4 novembre,
jour du fils

Chapitre X

Le Relais de Taillevent, c'est là-haut, au Faouët du côté des montagnes Noires. Pour y monter, ça zigzague pas mal à partir de Quimperlé.

C'est un établissement de renom dans le Pays breton. Le Relais n'est pas situé dans Le Faouët même, mais sur une hauteur, à trois kilomètres, en pleine nature, belle et sauvage.

Ça surprend toujours les "hors-bretons" d'apprendre qu'en Bretagne il y a des montagnes, et noires qui plus est. Qu'ils viennent donc faire du vélo du côté de Gourin, Le Faouët, Carhaix, Châteauneuf-du-Faou !... Faut d'abord savoir se masser les muscles des cuisses et des mollets. Il y a des montées qui sont rudes.

Le Relais de Taillevent est donc là-haut, quelque part, perdu au bout d'une petite route en cul-de-sac. Une fin du monde. En fait, c'est une très ancienne ferme isolée au milieu d'une nature rude, remarquable d'authenticité. Dans le pays on appelle une "longère" un tel corps de bâtiment, tout en longueur, sans étage, trapu, en granit. La ferme d'autrefois comprenait d'un seul tenant la maison, les écuries, le cellier, les remises et autres dépendances.

Dans le cas de Taillevent, la restauration et la transformation de la vieille ferme bretonne en étape gastronomique a été réussie. Ces gens-là – les nouveaux propriétaires – ont un certain sens du patrimoine breton, et en plus, ils ont le goût d'une cuisine superbe. À preuve, les clients ne leur manquent jamais.

Taillevent n'était pas inconnu de l'inspecteur Thobie. Il y était déjà venu avec sa femme, cinq ans plus tôt. C'était pour l'anniversaire de leur dixième année de mariage. Ils s'étaient offert une petite folie. Certes, la cuisine de Taillevent est somptueusement délicieuse, mais les prix sont aussi renommés un peu fous. Mais, après tout, le mariage n'est-il pas lui-même une belle folie qu'il est indispensable de célébrer plusieurs fois dans la vie ?

Ce jour-là, sa femme et lui avaient déjeuné en amoureux. Thobie s'en souvenait parfaitement. C'était au cœur de l'été. Un ciel bleu sans nuage. Les paysans moissonnaient dans leurs champs. Et le patron de Taillevent avait préparé la "bardatte". C'est une très ancienne recette bretonne qui, autrefois, fêtait la fin des moissons. Une vraie délectation ! La recette du Prince des gastronomes, Curnonsky, fait frémir :

« Un chou blanc avec un hachis de levraut, le tout enveloppé de bardes de lard frais, un grand verre de bon vin blanc (entendez muscadet). Faire cuire pendant huit heures en arrosant souvent... Et servir quand le tout est à point, agrémenté d'une couronne de cailles rôties, avec de beaux marrons bien beurrés. »

Et Curmonsky termine sa recette par cette exhortation :

« Il n'y a plus qu'à louer le Dieu des moissons. »

L'inspecteur Thobie montait donc, ce matin-là, en toute connaissance de cause. Un moment après Quimperlé, il surprit sa main droite en flagrant délit de gourmandise. Elle caressait son ventre. Thobie lui en fit réprimande... petit ventre de fonctionnaire, petite note de restauration rapide. De toute manière, il n'était que neuf heures du matin.

Quand Thobie arriva devant le Relais de Taillevent et sortit de sa voiture, il faisait un vilain vent froid d'automne-hiver, vent de Toussaint. *Réputation oblige*, pensa Thobie, *Taillevent, ce matin, c'est "Fend la bise"*.

Fixée sur l'un des pignons, en bout de longère, une girouette noire tournait en grinçant. *C'est pourtant l'effigie d'un coq*, remarqua Thobie. *Normalement, il devrait chanter cocorico, ce con ! un coq noir qui grince des dents, c'est pas naturel !*

Le matin, à l'annonce téléphonique de son arrivée pour rencontrer Yan Le Houarn, il n'avait pas été question du fait que Thobie était policier, et encore moins, et surtout, inspecteur de brigade criminelle.

Il se présenta donc à la réception, jovial (comme s'il ne l'était pas toujours !) pour rencontrer Yan Le Houarn quelques minutes, « si toutefois, précisa Thobie, cela ne dérange pas trop en cuisine.

— À cette heure-ci, non, ça va », lui avait répondu avec le sourire une femme d'un certain âge, mais de belle conservation, encore agréable à regarder, ayant le charme discret de la bourgeoisie commerciale. C'était la patronne. « Ce n'est qu'à partir de onze heures qu'il y a une soudaine accélération côté cuisine. Même moi, alors, je suis jugée indésirable. Je me suis fait jeter dehors plusieurs fois. Et pourtant c'était pour la bonne cause. Je vais vous chercher Yan. En attendant, asseyez-vous donc au salon. »

Ce que fit l'inspecteur Thobie. Il avait réfléchi tout le long de la route sur la meilleure manière de se présenter à ce fils présumé d'Yves Dréno. Et, assis au salon de Taillevent, il ne savait toujours pas quels seraient ses premiers mots, face à ce Yan inconnu. Parler du temps qu'il fait semblait déplacé. Quant au coq noir girouette qui grince des dents, humoristique peut-être, mais un peu léger. Restait à espérer une inspiration subite, géniale, du genre : « Oh ! Monsieur Le Houarn, que vous avez une jolie cravate ! »

Enfin, Thobie, un peu de sérieux, les cuisiniers ne portent pas de cravate. Ils ont un torchon noué autour du cou. C'est pour s'essuyer les lèvres après avoir goûté les sauces...

« Ce lièvre mort étranglé au milieu de la lande, à l'aube d'un joli jour de printemps, la gorge cravatée par un collet de braconnier, manque d'un soupçon de bergamote, rajoutons un peu de coriandre, de moutarde en grains, une ou deux branches de thym, une autre feuille de laurier et deux brindilles de romarin... et ce sera parfait ! Parfait ! dixit le chef cuistot... Le client va s'en lécher les moustaches. La cliente y perdra son rouge à lèvres dilué par la sauce épicée... »

Yan le Houarn apparut, grand et beau garçon d'une vingtaine d'années, vêtu de la traditionnelle tenue à petits carreaux bleus de cuisinier. Thobie s'était levé de son fauteuil pour l'accueillir avec un grand sourire.

— Mon nom ne vous dira rien, commença Thobie, en tendant la main au jeune homme et en se disant : *bon Dieu ! la ressemblance avec Yves Dréno est frappante. Le sait-il ?*

« Figurez-vous, continua-t-il, mais surtout ne vous effrayez pas en apprenant qui je suis (Thobie avait quelque inquiétude avant d'annoncer la couleur), figurez-vous que je suis inspecteur de police, et en ce moment, j'ai sur les bras une enquête criminelle peu ordinaire. Peut-être avez-vous entendu parler de la femme qu'on a retrouvée étendue, morte, le jour de la Toussaint, sur le dolmen, près de l'auberge du Meunier ?

— Si j'en ai entendu parler, dit Yan Le Houarn, je pense bien, depuis trois jours les clients ne parlent que de ça. "Voilà les sacrifices humains qui recommencent comme au temps des Celtes." On n'a jamais tant parlé de druides, de Gaulois, des mystères des dolmens et des menhirs, de cérémonies macabres, de char de la Mort, l'Ankou qui passe la nuit... Mais, inspecteur, à part bien sûr que j'ai été élevé là-bas, tout près de l'auberge du Meunier, je ne vois pas bien le rapport avec moi...

— Vous dites ? Vous avez été élevé près du moulin d'Organ ?

Thobie était absolument sidéré.

— Eh bien oui ! Vous ne le saviez pas ? dit le jeune homme surpris.

— Pas du tout. Je ne le savais pas du tout. Mais où donc exactement ?

— Dans la maison située à cent cinquante mètres, derrière le petit bois et la haie de sapins, chez Mme Le Rouzic. Elle a été ma nourrice... ma Tata, comme je l'appelle. J'ai été abandonné à ma naissance. Enfin ! pas vraiment abandonné. On ne m'a pas confié à l'Assistance publique. Je suis ce qu'on appelle un fils naturel, illégitime. Alors on s'occupait de moi un peu par intermédiaire. C'est ma Tata qui vous a parlé de moi ?

— Non, dit Thobie. Non...

— Mais alors, inspecteur, comment avez-vous appris mon nom et avez-vous su que je travaillais ici ?

Arrivé à ce stade, Thobie n'avait pas d'autre choix que de se lancer en disant tout simplement la vérité. Il ignorait décidément beaucoup de choses, beaucoup trop.

— Comment ?... Par le propriétaire du moulin et de l'auberge du Meunier, par Yves Dréno que, tout naturellement, j'ai été interroger.

— Et M. Yves Dréno vous a parlé de moi ? Alors ça !...

— Ça vous surprend ?

— Ah oui, plutôt ! Il vous a parlé de moi ces jours-ci ?

— Avant-hier.

— Là-bas, à l'auberge ?

— Non, chez lui, à Vannes. Dites-moi, Yan – vous permettez que je vous appelle tout simplement Yan ?

— Bien sûr, inspecteur et dites-moi "tu", j'ai horreur qu'on me vouvoie.

— D'accord, dis-moi, Yan, reprit Thobie, tu connais bien Yves Dréno ?

— Assez bien, en effet, pour la bonne raison que, tous les ans, il venait avec sa femme passer les week-ends et quelques semaines de vacances à l'auberge du Meunier. C'est pour eux une résidence secondaire. Alors forcément, gamin, j'allais jouer avec les copains dans les environs, autour du dolmen et des menhirs.

— Tu le connais simplement comme voisin de ton enfance ? Pas plus ?

Yan ne répondit pas. Il posa une question :

— C'est vraiment Yves Dréno qui vous a donné mon adresse ici, à Taillevent ?

— Oui, dit Thobie.

Yan redressa le buste qu'il avait penché vers l'inspecteur et se cala au fond de son fauteuil, le regard fixé avec intensité sur le policier.

— Tu sais, Yan, dit Thobie, que tu as un air de ressemblance avec M. Dréno ?

— Je sais, dit Yan, simplement, à mi-voix, comme s'il se parlait à lui-même. Je sais.

Thobie notait que Yan savait bien des choses.

— Bon, Yan ! soyons francs tous les deux ! Je t'explique tout ce que je sais. Je vois qu'il y a quelque chose qui t'échappe, et à moi aussi, d'ailleurs. On va essayer de faire le point tous les deux. Donc, avant-hier, je suis allé interroger Yves Dréno chez lui à Vannes, comme j'ai interrogé tous ceux qui habitent autour du lieu du drame. J'ai même été au monastère de Locmaria voir les bonnes sœurs, c'est te dire. J'ai été chez Yves Dréno tout en sachant parfaitement qu'il n'était pas à l'auberge ni la veille, ni le jour de la Toussaint, donc sachant pertinemment qu'il était hors de cause. J'ai été le voir pour lui montrer la photo de la morte, au cas où, par hasard, il la reconnaîtrait. Tu sais, Yan, que la femme était exposée nue, que le criminel avait pris grand soin de nous cacher son identité. Je sors donc la photo. Je la présente à M. Dréno. Il l'a regardée... il m'a regardé... il a blêmi et a presque crié : "Rosen ! Rosen ! Oh ! non, pas toi !..." Et il s'est écroulé victime d'une crise cardiaque.

— Il est mort ? dit Yan. Il est mort ?

Yan avait une inquiétude monstre dans le regard. Lui aussi avait blêmi.

— Non, répondit Thobie, il n'est pas mort. Nous l'avons transporté très vite à l'hôpital. Il est encore en soins intensifs, mais il va s'en sortir. Dans quelques jours on va l'opérer et son cœur va reprendre le bon rythme. Mais pour un choc, il a reçu un sacré choc, en regardant la photo. Yan, dis-moi franchement, Yves Dréno, c'est qui pour toi ?

— C'est mon père ! Il ne me l'a jamais avoué, Tata Odette non plus, mais je sais qu'il est mon père. Par contre je ne sais pas qui est ma mère.

— Yan, reprit Thobie, tu connais une femme qui s'appellerait Rosen ?

— Non, pas du tout.

— Je te montre tout de même la photo, dit Thobie, après avoir beaucoup hésité, craignant il ne savait quelle réaction imprévue.

Yan Le Houarn prit la photo tendue, la regarda, réfléchit, sembla hésiter.

— La photo paraît te rappeler quelqu'un, dit Thobie qui observait très attentivement les réactions du jeune cuisinier. Tu as peut-être croisé, rencontré cette femme. Réfléchis calmement. C'est très important pour l'enquête.

— Le visage me dit quelque chose, en effet, mais ça ne colle pas. Vous êtes sûr que la photo n'est pas truquée ?

— Sûr et certain ! Concentre-toi sur ce visage qui semble te rappeler une femme. Qu'est-ce qu'il y a qui ne colle pas ?

— Les cheveux, dit Yan... Les cheveux... sur la photo ils sont noirs. La chevelure de la femme était rousse, très rousse.

Thobie regarda Yan, marqua un instant d'incrédulité.

— Yan, dit-il, bien sûr qu'ils sont noirs sur la photo. C'est une photo noir et blanc.

— Oh, excusez-moi, inspecteur ! C'est idiot de ma part, complètement idiot !

Bon Dieu ! pensait Thobie, *nous approchons du but.*

— Où l'as-tu rencontrée, Yan ? Réfléchis bien. Prends tout ton temps.

— Eh bien, dit Yan, très calme, tenant toujours la photo entre ses doigts, c'était au mois d'août dernier, fin août. J'étais avec trois copains. On avait cassé nos tirelires pour se payer la location d'un petit bateau, une demi-journée, et faire le tour du golfe du Morbihan. La balade terminée, le bateau rendu, on était entrés dans un bar juste en face du port de Vannes. On s'était installés à l'intérieur, presque toutes les tables en terrasse étaient occupées par les touristes. Il était à peu près six heures du soir. Nous étions tous les quatre à une table en train de nous raconter des blagues, quand un couple est arrivé et s'est installé en terrasse, de l'autre côté de la vitre, presque en face de nous. C'était mon père, Yves Dréno, accompagné d'une femme en veste et pantalon blancs, une très belle femme, aux cheveux très roux. Elle avait ce visage. Vous pensez bien, inspecteur, que, lorsque je voyais mon père, j'avais une espèce d'accélération côté cœur. J'étais toujours un peu troublé. J'avais du mal à accepter cette situation. Et je me posais toujours la même question : pourquoi ne me disait-il pas que j'étais son fils ? Pourquoi ?

« Ce soir-là, je me disais qu'Yves Dréno exagérait quand même un peu. Sa femme était morte au mois de juin. Et deux mois plus tard il s'affichait, en plein Vannes, avec une jolie rousse. Il était évident qu'il y avait de l'amour entre eux. Je les ai vus s'embrasser deux fois, comme des amants.

« Quand on a voulu partir, tous les quatre, j'ai dit aux copains : “Il y a quelqu'un en terrasse que je n'ai pas envie de voir. Je vais sortir par le côté, et je vous retrouve plus loin dans la rue.” Je ne pouvais tout de même pas passer juste devant Yves Dréno et lui dire : “Et alors, papa ! tu ne me présentes pas ta nouvelle conquête ?” »

À ce moment-là, Yan releva les deux manches de sa veste. Et Thobie, en voyant les avant-bras nus du garçon, prit peur, une vraie peur panique. Et ce fut à son tour de blêmir. Les bras de Yan étaient couverts de taches de rousseur... Yan, fils d'Yves Dréno, était aussi le fils de Rosen... Yan, ce soir du mois d'août dernier, avait vu sa mère.

— Je reviens dans un instant, dit le jeune homme. Je vous raconterai comment je sais qu'Yves Dréno est mon père, mis à part notre ressemblance certaine. Mais je passe d'abord en cuisine, voir où en sont les rôtis que j'ai mis au four tout à l'heure.

— Va, Yan ! Va ! dit Thobie.

Resté seul, il reprit pied, car il avait été plutôt désarçonné. Rosen, la rousse, serait donc venue à Vannes, fin août, à la terrasse d'un café, juste en face du port, avec Yves Dréno, c'est-à-dire à deux pas du domicile de ce dernier. Et la Nicole Guyomar n'aurait rien vu, n'aurait rien entendu, elle, la sentinelle si vigilante, aurait délaissé son poste ? Bizarre !

Yan revenait.

— Encore un petit quart d'heure, dit-il, en reprenant sa place en face de Thobie. Ensuite, en cuisine, on va commencer à passer à la vitesse supérieure. Je vais vous raconter comment je sais qu'Yves Dréno est mon père. Je vais plutôt vous l'avouer, parce qu'on ne peut pas dire que c'est joli, joli, ce que j'ai fait lorsque j'avais une dizaine d'années. Mais plus tard, j'ai appris que d'autres gamins, au même âge, avaient fait à peu près la même chose que moi. À cet âge-là, on ne croit plus tellement au père Noël, on a surtout envie de connaître le grand mystère. Le garçon qui naît dans un chou, la fille dans une rose, la cigogne qui apporte le bébé du ciel... faudrait peut-être inventer autre chose. Malgré le grand silence des parents sur le sujet, un garçon un tant soit peu dégourdi réussit à connaître la différence qui le distingue de la petite copine. L'été, en maillot de bain, dans un petit coin, à l'écart, en bout de plage, au fond d'un bois, chacun dévoile ses petites particularités. De là à apprendre le pourquoi et le comment ça fonctionne, il n'y a pas bien loin. Je suppose, inspecteur, que vous avez dû connaître les mêmes problèmes de jeunesse ?

— Oh oui ! avoua Thobie, en riant, même que moi c'était à huit ans. Et j'ai reçu une sacrée fessée pour avoir confisqué la culotte de ma petite copine de l'époque, mon grand amour. Ma petite copine ne portait pas encore de soutien-gorge, ses petits tétons n'étaient pas assez développés. Sinon !... Ma mère avait retrouvé la culotte sous mon oreiller. Quelle affaire ! Alors, Yan, pas de complexe, tu peux y aller. Tu ne risques pas de me scandaliser.

— C'était là-bas, chez ma nourrice, reprit Yan après cet encouragement. Tata Odette m'élevait avec un autre garçon qui avait trois ans de plus que moi. Lui venait de l'Assistance publique. Tous les deux, on avait remarqué que Tata Odette, lorsqu'elle recevait certains hommes, toujours les mêmes, nous flanquait à la porte de la maison, et cela même si nous étions en train de faire nos devoirs ou d'apprendre nos leçons. Elle nous disait : “Allez les garçons ! Allez jouer dehors... voir les poules et les lapins.” Ce manège avait fini par exciter notre curiosité, surtout celle de mon copain. Pourquoi cette mise à la porte ? Alors, on a voulu savoir. Mon copain a su, je ne me rappelle plus comment, que les visites ne se passaient pas dans la grande pièce de séjour, mais dans la chambre de Tata Odette. Or, notre chambre à tous les deux était juste à côté, une simple cloison séparait les deux pièces, avec une porte au milieu. Une porte condamnée, fermée à clé, et la poignée enlevée. Les deux chambres, à une époque, avaient communiqué entre elles.

« Un jour que Tata Odette était partie faire les courses, c'était pendant les vacances de

Pâques, mon copain a examiné la serrure. Il y avait un bout de bois enfoncé là où jadis était la poignée et un autre dans le trou de la serrure. Il réussit à retirer le bois de la poignée. Avec son couteau il en fabriqua un autre, légèrement plus long, de façon à pouvoir l'enfoncer et le retirer facilement sans faire de bruit. Avec un clou il a fixé un petit ours en peluche, pour cacher le bout de bois qui dépassait. Et le tour était joué. En retirant le bois et en regardant par le trou de la poignée, on avait une vue imprenable sur le lit de Tata Odette. Dans notre chambre, il y avait une fenêtre qui donnait sur l'arrière du jardin. Alors quand notre chère nourrice, les jours de ses réceptions particulières, nous flanquait à la porte, l'un de nous disait : "Oui Tata Odette, je passe dans la chambre prendre mon tricot" ou n'importe quoi d'autre. Et il entrebâillait la fenêtre. Trois minutes plus tard, après avoir fait le tour de la maison, lestes comme des chats, on poussait la fenêtre et on sautait dans la chambre tout doucement. Il n'y avait plus qu'à soulever le nounours en peluche, à retirer le bout de bois et à coller l'œil. Je n'ai pas besoin de vous faire un dessin sur ce qui se passait sur le lit de Tata Odette. Une jolie leçon pratique d'éducation sexuelle. Les petits gloussements de Tata Odette rendaient mon copain complètement fou. Il avait alors 15 ou 16 ans, il se passait la main dans la braguette, ne pouvait pas s'empêcher de sortir son zizi, déjà long et gros... et il se l'agitait jusqu'à ce qu'il en sorte une petite giclée de crème blanche. Moi, à l'époque, en cachette, j'essayais d'en faire autant, mais rien ne sortait encore. Mon copain ne me laissait pas souvent regarder. "T'es trop jeune", qu'il me disait.

— Rassure-toi, Yan, tous les hommes en

ont fait autant dans leur jeunesse. Celui qui se lèverait et dirait : “Non, pas moi !” serait un beau menteur et un bel hypocrite.

— Un jour, reprit Yan, c’est Yves Dréno qui est arrivé. J’étais tout seul. Mon copain n’était pas là, je ne sais plus pourquoi. Tata Odette m’a mis dehors. “Va donc voir les poules et les lapins.” C’était l’été, la fenêtre de la chambre était ouverte. J’ai obéi docilement. J’ai fait le tour de la maison, sauté dans la chambre, soulevé le petit nounours et retiré le bois. Comme mon copain n’était pas là, ce jour-là j’ai eu le spectacle pour moi tout seul... toute la scène d’Adam et Ève croquant la pomme. C’est impressionnant quand on a une dizaine d’années. La séance terminée, voilà Yves Dréno qui dit :

« — Odette, tu prends bien soin de mon Yanou ?

« — Mais oui, que j’en prends bien soin de ton fiston, lui répondit Odette. Tu as réussi à faire un gentil garçon. Tu devais être en forme, ce jour-là. Ton Yan travaille bien à l’école. On en fera quelqu’un.

« Et j’ai vu Yves Dréno qui lui donnait de l’argent. Ils étaient déjà presque rhabillés tous les deux, alors j’ai sauté par la fenêtre et j’ai été voir les poules et les lapins. Yves Dréno était mon père. J’avais onze, douze ans, ça m’a fait un choc. Pendant longtemps ça a tourné dans ma tête. Et puis, en grandissant, quelques années plus tard, j’ai compris. J’était le fils d’Yves Dréno, mais pas celui de Mme Dréno. Et celle-ci le savait et elle me détestait. Quand il m’arrivait de la croiser près de l’auberge du Meunier, au début, je lui disais toujours bonjour. Jamais elle ne me répondait. Elle tournait la tête de l’autre côté. Je l’avais dit à Tata Odette.

« — Yves Dréno, m'avait-elle répondu, le pauvre, il s'est marié avec un chameau. Yan, quand tu vois sa femme, tu n'as qu'à faire comme les chiens. Les chiens reniflent de loin les gens qui ne les aiment pas. Il s'en vont queue basse, entre les pattes, font un grand détour et, quand les gens sont loin, ils reviennent pisser là où les gens sont passés, par mépris. Yanou, tu peux en faire autant. Si tu vas pisser sur la porte du moulin ou celle de l'auberge, je ne te gronderai pas. »

— Yan, tu retournes là-bas, à Languidic, de temps en temps ? demanda Thobie.

— Oui, ça m'arrive. J'ai gardé de bons copains d'enfance dans le secteur. Je passe aussi dire un petit bonjour à Tata Odette. Elle m'a élevé. Par intérêt, mais enfin, elle l'a fait. Finalement je n'ai pas été malheureux chez elle. C'est une brave femme, un peu près de ses sous...

— Tu es déjà entré dans l'auberge du Meunier ?

— Jamais !

— Pourquoi as-tu choisi d'être cuisinier ?

— Au début, c'est Tata Odette qui m'y a un peu poussé. Elle me disait : "Yan tu es intelligent, tu pourrais suivre des études d'électronique ou de tous ces nouveaux trucs modernes, et puis, à la fin du compte, tu te retrouverais chômeur. Si tu faisais l'école hôtelière... là, mon garçon, tu ne manquerais jamais de boulot. Les gens aiment la bonne cuisine, et l'aimeront toujours." Ça m'étonnait de Tata Odette, mais finalement j'ai suivi le conseil et je ne le regrette pas. J'espère bien qu'un jour j'aurai les moyens d'ouvrir mon propre restaurant, même s'il est tout petit pour commencer.

Thobie, lui, pensait à la grande salle souterraine de l'auberge du Meunier. Yves Dréno avait dû y penser bien avant lui. Il devait être pour quelque chose dans le choix de son fils.

— Yan, dit l'inspecteur Thobie, je ne veux pas te retenir plus longtemps. Tes rôtis risqueraient de brûler. Je ne voudrais pas en être responsable. Je te remercie. Tu m'as beaucoup appris. Je crois commencer à comprendre pourquoi la femme a été tuée. Par une grosse jalousie. Je n'ai pas de conseil à te donner, Yan, mais je pense que si tu passais à l'hôpital de Vannes, un de ces jours, voir Yves Dréno, ça lui ferait un grand, un très grand plaisir. Même si les infirmières ne te laissent pas entrer dans sa chambre, elles lui diront que Yan Le Houarn est passé prendre des nouvelles. C'est ça le principal.

— Demain, c'est mon jour de congé, dit Yan. Je vais descendre à Vannes. Et j'irai.

Chapitre XI

Dehors, devant le Relais de Taillevent, le vent soufflait toujours aussi fort. Là-haut sur le toit, le coq noir criait, vent du nord ou vent d'est, en grinçant des dents.

L'inspecteur Thobie remonta le col de sa veste et s'engouffra dans sa voiture. Il avait besoin de faire le point. Yan Le Houarn, fils caché d'Yves Dréno, lui avait appris tant de choses, en racontant tout simplement son enfance, sa jeunesse, du côté de l'auberge du Meunier, chez sa nourrice Odette Le Rouzic.

Et, pour Thobie, tout indiquait que la coupable, l'empoisonneuse, était cette Tata Odette.

Après la mort de la femme d'Yves Dréno, Rosen était ouvertement revenue au pays. Et Odette le savait, et elle savait aussi qu'elle ne pourrait pas lutter contre une femme aussi belle que Rosen la rousse. Pour elle, Odette la grosse, bientôt tout serait fini avec Yves Dréno. Rosen, encore jeune, élégante, séduisante, l'emporterait sans combattre. C'était gagné d'avance... impossible de lutter... Les armes n'étaient pas égales.

— Mais bon Dieu ! jura Thobie, comment Odette Le Rouzic a-t-elle fait pour attirer Rosen dans son guet-apens infernal ? Qui l'a aidée ?

Ou bien Rosen est-elle venue toute seule se jeter dans la gueule du loup ?

C'est en pensant à tout cela, à toutes ces questions encore sans réponses, que l'inspecteur Thobie reprenait la route de Vannes. Et il se disait que si Odette s'était débarrassée du poison, des papiers de Rosen, si chez elle il n'y avait aucun indice susceptible de révéler la moindre trace du passage de la femme rousse du dolmen, il n'y aurait aucune, absolument aucune preuve contre l'empoisonneuse. Des soupçons, de grands soupçons... c'est insuffisant pour arrêter les gens, pour les conduire devant une cour d'assises.

Revenu à son bureau de la PJ pour faire le point sur l'affaire avec le commissaire Le Garec, il apprit que celui-ci venait une fois encore de partir pour un petit pays des environs. Un toubib, peut-être un peu trop consciencieux, refusait le permis d'inhumer concernant une dame âgée, tout à fait respectable, fort riche et ayant par-dessus tout la réputation d'être une sacrée vieille emmerdeuse. Bref ! Le commissaire Le Garec en avait probablement pour une partie de la journée.

Thobie se remémora alors les leçons apprises à l'école de police : 80 % des crimes sont commis, soit à cause de l'argent, soit à cause de la fesse... les deux grandes puissances qui font tourner le monde, plus ou moins bien, plus ou moins mal. D'autres statistiques indiqueraient que la courbe du crime n'est pas constante toute l'année. Il y a deux grandes saisons :

Le printemps... le sang qui bouillonne un peu trop, ne sait plus se contenir dans les veines et les artères... il éclabousse...

L'automne... les corps qui se refroidissent trop vite.

Thobie, n'ayant rien de prévu pour cette fin de matinée, partit pour l'hôpital. Avec un peu de chance, peut-être pourrait-il voir Yves Dréno ?

Hélas ! les visites étaient toujours interdites, par précaution, mais le malade se remettait doucement de sa crise. Ses jours ne semblaient plus en danger. Thobie pensa à Yan Le Houarn, et rentra chez lui pour le déjeuner. À quinze heures il devait être en faction, dans sa voiture, sur le parking du port, en face de l'entrée de l'immeuble d'Yves Dréno. Normalement la "payse" devait arriver de Languidic ou des environs avec son cabas de fruits et légumes à bout de bras. La Nicole Guyomar lui en avait fait une description suffisamment explicite :

— La "payse" ? Elle m'a tout l'air d'être une brave femme de la campagne. Oh ! ce n'est pas un prix Nobel de beauté, plutôt la femme forte de l'Évangile. De solides pare-chocs à l'avant et à l'arrière...

— Allons, Nicole ! était intervenu le mari, se voulant charitable envers la "payse".

— C'est pas de la médisance, avait répliqué la Nicole. C'est la vérité. Comment, déjà, disait le Jésus de Galilée ?... "En vérité, en vérité, je vous le dis..." Et il levait deux doigts de la main droite, comme le pape. Pour les mensonges faut lever deux doigts de la main gauche.

Thobie se souvenait de n'avoir pu retenir un bel éclat de rire devant une telle profession de foi. En tout cas, il avait, lui, dans un coin de sa mémoire, une description de femme de la campagne qui correspondait assez bien avec celle donnée par Mme Guyomar.

À quatorze heures, Thobie passa à la PJ. Le

Garec n'était toujours pas rentré.

Thobie se surprit à penser que le commissaire était peut-être chez le notaire, pour vérifier si, par hasard, la vieille respectable, fort riche et emmerdeuse, ne lui avait pas réservé une petite case dans son testament.

À trois heures moins le quart, l'inspecteur Thobie était en poste sur le parking du port. Et la "payse" arriva à l'heure exacte en portant son cabas. Derrière le pare-brise de sa voiture, Thobie murmura :

— J'étais sûr que ce serait elle. Laissons-la aller. Je n'ai nullement l'intention de l'intercepter. Elle va être sacrément surprise en voyant les scellés sur la porte d'Yves Dréno. La Nicole Guyomar, quant à elle, doit être aussi à son poste, l'œil rivé au judas de sa porte. Quand la "payse" sera repartie je monterai la voir. Elle me racontera. Elle sait si bien raconter.

La "payse" ne resta pas longtemps devant la porte scellée. Cinq minutes plus tard, elle sortait de l'immeuble, son cabas toujours à bout de bras. Thobie nota la différence entre sa démarche alerte de tout à l'heure, à son arrivée, et le pas pesant avec lequel elle s'en retournait maintenant. Fallait-il avoir pitié ? Cinquante mètres plus loin, elle entrait dans le premier café qu'elle trouva sur son chemin.

Thobie alla aux nouvelles. Il n'eut même pas besoin de sonner. Mme Guyomar lui ouvrait déjà sa porte alors qu'il montait les dernières marches.

— Pour un choc, inspecteur ! elle a eu un choc. Vous croyez que c'est elle qui a fait le coup, là-haut ?

— J'ai seulement des soupçons, répondit

Thobie, prudent. Comment ça s'est passé devant la porte d'Yves Dréno ?

— Elle est restée sidérée, une bonne minute... sidérée... puis elle s'est approchée des scellés, a lu les cachets Police judiciaire. Elle est restée encore un moment debout, immobile, devait pas bien savoir ce qu'il fallait faire. Et finalement elle est venue sonner à ma porte. “Qu'est-ce qui s'est passé à côté ?” m'a-t-elle demandé, blanche comme un linge, elle qui a les joues si roses d'habitude. Alors, inspecteur, moi j'ai raconté ce que vous m'aviez dit : la crise cardiaque d'Yves Dréno lorsque vous lui avez montré la photo de la femme rousse du dolmen.

« “Je vais aller le voir à l'hôpital, a-t-elle dit aussitôt.

« — C'est inutile, ma brave dame, que je lui ai répondu. Inutile ! Il est aux soins intensifs, entre la vie et la mort. Impossible de le voir... Personne, même pas la police.” Elle n'a pas insisté. Elle aussi a reçu un choc, côté cœur. Et sans plus poser de questions elle est redescendue lentement. J'avais un peu pitié d'elle, mais si elle est coupable, il n'y a pas à en avoir. Il faut que la justice passe.

— Oui, répondit Thobie, malheureusement la justice ne fait que condamner. Elle ne fait pas revenir les morts.

Après un temps, il ajouta :

— Au fait, madame Guyomar, j'ai appris que la femme rousse, cette Rosen, dont nous ne savons toujours pas le nom de famille, était à la terrasse d'un café, au bout du port, la dernière semaine d'août, en compagnie d'Yves Dréno. Selon toute vraisemblance, elle a dû venir à l'appartement d'à côté.

— Ça, c'est fort possible, inspecteur ! Seulement à cette époque-là, mon mari et moi, on déserte la ville. De juin à septembre on est au bord de la mer, à la pointe du Bile, à Penestin. On a un petit terrain avec un mobile home posé dessus. Résidence secondaire... bains de mer... bains de soleil... la grande vie quoi ! Alors, comme ça, la femme rousse serait déjà venue au mois d'août chez le Yves ? Ça alors !...

— Je vais aller enlever les scellés de la porte, dit Thobie. Entre nous, madame Guyomar, comme scellés, ils n'avaient pas grande valeur. C'était juste pour impressionner la "payse".

— Ah ! c'est bien ce que me disait mon mari. Les scellés, habituellement, c'est un huissier qui les pose, pas un inspecteur de police.

— Que voulez-vous, madame Guyomar, les criminels sont mauvais joueurs... Alors, au cours d'une enquête criminelle, on est bien obligé de tricher un peu de temps en temps. Le but est d'arrêter le coupable. Je reviendrai vous voir, et je vous raconterai tout, promis, juré, parce que vous m'avez donné des renseignements très utiles.

Et sur ce, l'inspecteur Thobie prit congé et alla décoller les vulgaires bandes adhésives collées sur la porte.

La Nicole le regardait faire et se disait que cet inspecteur, dans son genre, était un drôle de petit malin.

Le commissaire Le Garec était revenu de chez la riche douairière morte la veille... d'une mort douteuse.

— Vous avez hérité ? demanda d'emblée Thobie, en entrant dans le bureau de son chef.

— Hérité ? Pourquoi ?

— Vous n'avez pas été chez le notaire, ouvrir le testament, pour savoir si la vieille ne vous avait pas laissé une petite part de l'héritage ?

Moi, c'est la première chose que j'aurais faite.

— Ça ne m'étonnerait pas de vous, inspecteur Thobie. Vous en seriez parfaitement capable. Pour mener vos enquêtes, vous avez tellement l'habitude d'emprunter des chemins détournés. Pour l'instant, la comtesse, parce que c'en était une vraie, et de vieille noblesse, est en train de se faire ouvrir par le médecin légiste. De quoi est-elle morte ? Il va bien réussir à nous le dire. Si ce n'était pas naturel, il nous resterait à nous poser la question : pourquoi ? Et vous, Thobie, nous n'avons pas encore eu l'honneur de nous rencontrer aujourd'hui, vous en êtes où avec Rosen, la rousse ?

— Je viens tout bêtement vous demander un mandat de perquisition et un mandat d'arrêt.

— Rien que ça ? Asseyez-vous, Thobie, et racontez-moi votre journée. Elle semble avoir été fructueuse et décisive.

Et Thobie raconta la visite très instructive qu'il avait rendue le matin à Yan Le Houarn, fils caché, naturel, illégitime, d'Yves Dréno et, selon toute vraisemblance, fils aussi de Rosen. Mais là, un très faible doute subsistait encore. Il raconta aussi l'arrivée à Vannes, tout à l'heure, de la “payse” qui s'était cassé le nez devant la porte de son amant.

— Et cette “payse”, qui est-elle ? demanda Le Garec.

— Odette Le Rouzic.

— Ce ne serait pas, par hasard, l'Odette qui a laissé tomber le pot de confiture de fraises chez Jules, hier ?

— Tout juste, commissaire ! Comme quoi ça sert parfois de se dévouer et d'aller acheter un tube de mayonnaise pour sa femme.

— Mais, inspecteur Thobie, je reconnais vos mérites... et vos prises de photos sont assez remarquables... Vous croyez vraiment que c'est elle, la coupable ?

— Commissaire, j'en ai – comment dit-on ? – l'intime conviction.

— Des preuves, inspecteur ?

— Aucune !

— Et, contre cette femme, vous voulez un mandat de perquisition, et un mandat d'arrêt ? Comme d'habitude, Thobie, un peu gonflé, non ?

— Un peu gonflé, commissaire, c'est un peu léger. Moi, je dirai très, très... beaucoup... La dame est repartie de l'appartement le teint blême, les jambes lourdes et le cœur gros. Je pense qu'en arrivant demain matin chez elle, là-haut, à Languidic, avec le fourgon cellulaire qui s'arrête juste devant sa porte, elle va avoir une peur panique... Un interrogatoire serré, et peut-être la chance de retrouver chez elle un reste de poison pourraient suffire à recueillir des aveux. J'aimerais tenter l'expérience, commissaire.

— Mais, Thobie, on va la tenter... on va la tenter.

Vendredi 5 novembre, jour des aveux

Chapitre XII

Ce fut le fourgon cellulaire qui s'engagea le premier sur la petite route qui conduit à la maison d'Odette Le Rouzic, près de l'auberge du Meunier, derrière la grande haie de cyprès de Leyland.

Les deux gendarmes avaient reçu, de l'inspecteur Thobie, pour instruction de stationner juste devant la porte de la maison, et de rester dans leur véhicule. Il leur avait dit :

— Ça impressionne toujours les gens quand ils voient ce type de véhicule s'arrêter pile devant leur porte, avec le gyrophare qui tourne sur le toit.

L'inspecteur Thobie et le commissaire Le Garec suivaient dans une voiture banalisée et stationnèrent cinq mètres avant la maison.

— Commissaire ! dit Thobie, nous allons peut-être avoir un coup de chance absolument extraordinaire. Les taupinières ! Les taupinières sur la banquette de la route, en face du jardin d'Odette, sont toutes aplaties...

— Les taupinières ? interrogea Le Garec en regardant son adjoint sans comprendre ce que des taupinières venaient faire, surtout dans un moment pareil où l'on était censé procéder à une arrestation. Les taupinières !...

— Laissez-moi faire, commissaire ! On va d'abord perquisitionner chez les taupes. Je vais faire parler les taupes...

Intrigué, Le Garec sortit le premier de la voiture. Une fois de plus il ne comprenait rien aux propos sibyllins de l'inspecteur Thobie. Thobie parlait par paraboles, comme Jésus-Christ.

Odette le Rouzic était sortie sur le pas de sa porte, les deux mains sur les hanches, comme une poissonnière à la criée sur le port breton de La Turballe.

— Qu'est-ce que ça veut dire ? demanda-t-elle à l'inspecteur Thobie qui s'avançait vers elle.

— Une petite visite, madame ! Je vous présente le commissaire Le Garec qui m'accompagne cette fois-ci.

Odette avait pâli.

À ce moment précis, Thobie joua le tout pour le tout, en indiquant de la main la demi-douzaine de taupinières aplaties le long de la route.

— On dirait que vous vous en êtes occupée depuis l'autre jour ? dit-il.

— Dame, fallait bien ! répondit Odette. Un de ces jours, elles seraient arrivées dans mon jardin.

— Vous avez une bêche, madame ? demanda Thobie.

— Une bêche ?... Oui, là, le long du mur, près du portillon. Pourquoi ? Qu'est-ce que vous voulez faire ?... Aller bêcher dans mon jardin ?

— Pas du tout ! répondit Thobie. Je suis très mauvais jardinier. Je veux simplement aller voir comment vous disposez les morceaux de verre dans les galeries souterraines des charmantes petites bêtes noires.

Le commissaire Le Garec était debout près du fourgon cellulaire, à côté des deux gendarmes restés à l'intérieur. Les trois hommes avaient les yeux écarquillés, et le cerveau qui travaillait dur. À quel jeu allait se livrer l'inspecteur Thobie ?

Celui-ci avait pris la bêche et s'était dirigé vers les taupinières. Il planta l'outil et l'enfonça d'un coup de pied énergique dans la première.

— Pas la peine de vous fatiguer, il n'y a pas de morceaux de verre, dit Odette qui avait compris et s'était avancée de plusieurs pas.

— Empoisonnées, hein ? demanda Thobie.

— Empoisonnées... répondit Odette.

— Comme Rosen ?

— Oui, comme Rosen ! avoua Odette.

— Bon ! Eh bien, maintenant rentrons chez vous, dit Thobie. Et vous allez tout nous raconter.

Odette rentra la première, suivie de l'inspecteur. Le Garec emboîta le pas et, en passant la porte, donna une tape sur l'épaule de son adjoint... une tape amicale qui voulait dire : « Bravo Thobie ! Bien joué ! » Les deux gendarmes entrèrent à leur tour. Tout le monde se retrouva dans une pièce assez grande qui faisait office de cuisine et de salle à manger. La pièce commune de presque toutes les vieilles maisons d'autrefois dans le Morbihan.

— Asseyez-vous, madame ! dit Thobie et racontez-nous. Mais d'abord, où se trouve le poison ? La strychnine, la Taupicine, si vous préférez. Ça nous fera gagner du temps, sinon les gendarmes vont tout mettre sens dessus dessous dans votre maison.

— Dans le placard sous l'évier, derrière les produits d'entretien, indiqua Odette.

Un gendarme avait déjà ouvert la porte et cherchait. Il trouva le flacon, l'apporta à Thobie. Celui-ci le prit, le regarda, il restait encore un tiers d'un liquide rouge. Il lut l'étiquette.

— Un comble ! dit-il... un comble ! Laboratoire Médipha, Paris. C'est probablement dans ce laboratoire que travaillait Rosen.

Madame, nous avons retrouvé les vêtements de la morte, mais aucun papier. Il devait bien y en avoir dans son sac ?

— Dans le tiroir du buffet, derrière vous, au fond, dit Odette qui n'offrait aucune résistance.

Elle avait été prise au piège par cet inspecteur qui semblait tout savoir.

— Non, pas celui-là, reprit-elle, s'adressant au gendarme qui ouvrait un tiroir au hasard. Pas celui-là, celui de gauche.

Et le gendarme, après avoir fouillé, retira un carnet de chèques, une carte de crédit, un portefeuille dans lequel il y avait plusieurs billets de 100 francs, et la carte d'identité de Rosen. Thobie s'en saisit et lut à haute voix : « Rosen Mallaric, 14, rue de Belfort, Paris. »

— Mme Le Rouzic, c'était la sœur cadette de la femme d'Yves Dréno morte en juin dernier, n'est-ce pas ?

— Oui, répondit Odette, devenue docile comme un agneau.

— Vous avez encore gardé autre chose de Rosen ?

— Non, rien d'autre, inspecteur !

— Si, madame ! dit Thobie, à voix forte. Si !... Les sous-vêtements de Rosen.

Odette, incrédule, regarda l'inspecteur.

— Mais alors, vous savez tout... tout... comment faites-vous ?

— Où sont-ils ? demanda Thobie.

— Dans ma chambre, dans la commode, tiroir du bas, tout en dessous.

L'inspecteur Thobie dit au gendarme qui se dirigeait déjà vers le couloir :

— La chambre de madame est la première. Les sous-vêtements sont noirs, ajourés de fines dentelles.

Odette Le Rouzic, ahurie, avait les yeux fixés sur l'inspecteur.

— Comment savez-vous tout ça ? Vous êtes le diable ou quoi ?

— Le diable ? Oh madame ! vous me flattez, dit Thobie. Je suis seulement son adjoint.

Le commissaire Le Garec, qui se tenait à ce moment-là derrière Odette, retint difficilement un sourire. Il détourna la tête et regarda par la fenêtre. *Sacré Thobie ! pensait-il. Sacré Thobie ! Depuis son arrivée ici, il est grandiose. Il a vraiment manqué sa vocation. Quel remarquable acteur de cinéma, il aurait fait !*

Le gendarme revenait de sa perquisition intime, tenant du bout des doigts, dans une main un joli soutien-gorge noir brodé de fines dentelles, et dans l'autre un non moins joli petit slip également noir et également rehaussé de délicates dentelles. Et le gendarme souriait aux anges...

— Pourquoi les avez-vous gardés ? demanda Thobie.

Odette eut un haussement d'épaules.

— Faut répondre ? demanda-t-elle.

— Madame, dit Thobie, je suis inspecteur de police qui enquête sur un crime. Alors j'aime que le coupable réponde à toutes mes questions.

— Pourquoi je les ai gardés ? Par bêtise ! dit Odette... par bêtise ! Moi, je n'ai jamais osé entrer dans une boutique sexy pour m'acheter des choses pareilles. Vous imaginez Rosen, la jolie rousse, avec ça ? Ah ! il devait se régaler, le salopard, quand il lui enlevait ses dentelles avant de l'allonger sur son lit.

— Qui est ce salopard ? demanda Thobie.

— Le Yves Dréno, pardi ! Tout ça, c'est arrivé à cause de lui. C'est un vrai salopard.

— Madame Odette, dit Thobie. On va tous s'asseoir autour de la table, et vous allez tout nous raconter gentiment. Vous avez peut-être des excuses ?

— Bien sûr que j'ai des excuses ! répondit Odette avec véhémence.

Les quatre policiers s'assirent donc autour de la table. Thobie et Le Garec en face d'Odette Le Rouzic. Un gendarme de chaque côté d'Odette. Une sorte de tribunal. Le commissaire se disait : *Ce Thobie, quel culot ! J'ai un mandat de perquisition dans une poche. J'ai un mandat d'arrêt dans une autre. Je n'ai besoin de sortir ni l'un, ni l'autre. Et maintenant, j'ai devant moi une femme criminelle qui se met à table dans sa propre cuisine et qui va tout nous raconter. Je crois rêver. L'inspecteur Thobie, c'est vraiment le diable, en plus de ses dons d'acteur, manifestement il a aussi ceux de magicien.*

— Allez, Odette, racontez-nous, dit Thobie. Rosen est arrivée à vélo, de Pontivy, vers les onze heures du matin, n'est-ce pas ? Et après ?

— Et après ? Et après ? Vous n'avez qu'à continuer puisque vous savez tout.

— Non, madame Odette, je ne sais pas tout, seulement presque tout. Il y a trois ou quatre petits détails qui m'échappent. Soyez gentille ! Je suis sûr que vous êtes une brave femme, mais vous avez eu tout à coup une grosse, grosse crise de jalousie. Pourquoi ?

— Si je parle, si je dis tout, on m'en tiendra compte ? demanda Odette.

— Bien sûr ! dit Thobie avec conviction. Bien sûr ! Il y a parfois des circonstances atténuantes qui rendent beaucoup plus légères les peines infligées... beaucoup plus légères. Allez, racontez !

— Eh bien voilà ! dit Odette. Rosen est arrivée, donc, en vélo, dimanche vers onze heures du matin. Je ne l'avais pas revue depuis vingt-deux ans. Vous vous rendez compte : vingt-deux ans ! Elle arrivait de Pontivy où elle était à l'hôtel. Elle venait de Paris pour voir sa mère qui a plus de 80 ans et qui vit en maison de retraite. Et puis elle a eu envie de revoir le moulin d'Organ et l'auberge du Meunier. Comme il n'y a ni train, ni autocar, entre Pontivy et ici, elle est venue à vélo. Elle aime en faire de temps en temps. Moi, j'étais contente de la revoir. Je me souvenais d'une jeune fille amusante, d'une belle rouquine, toujours gaie, délurée, qui venait passer une semaine ou deux de vacances, l'été, chez sa sœur Simone, mariée avec Yves Dréno.

« Rosen avait une quinzaine d'années de moins que sa sœur. Faut vous dire que, tous les ans, les Dréno passaient le mois d'août à l'auberge. C'était pour eux une résidence secondaire, quoi. Il y a vingt-deux ans, pendant les vacances, voilà que la Simone, la sœur de Rosen, a une crise aiguë d'appendicite. Hôpital. Complications... péritonite... Rosen, la jolie, reste seule, pendant une dizaine de jours, à l'auberge avec Yves Dréno. Et ce qui devait arriver arriva. Le Yves Dréno, le salopard, vicieux et ardent comme il est, il met la Rosen dans son lit. Vous pensez, une jolie fille de 19 ans, belle comme le jour. Résultat : la Rosen tombe enceinte. Et voilà que la fille, têtue comme une bourrique, veut garder l'enfant. Ses parents se fâchent, surtout le père. C'était le déshonneur qui tombait sur la famille Mallaric, laquelle famille occupait haut rang dans la société huppée du pays de Pontivy.

« — Rosen, dans ton ventre, tu veux garder ton fœtus de bâtard ? D'accord ! dit le père... mais tu fous le camp... Je ne veux plus te voir... À la porte de chez moi, petite putain !

« La fille est envoyée chez une tante à Paris. Le problème est réglé en Pays breton. On n'en entend plus parler, l'honneur des Mallaric est sauf. Notre fille Rosen ? Elle suit ses études à

Paris... Tu parles des études ! Elle grossit du ventre, ses nichons prennent du volume... et à 20 ans elle accouche d'un fils, le premier mai de l'année suivante. Tout le monde sait compter jusqu'à neuf. Facile de savoir quand la Rosen s'était fait engrosser. C'était en août de l'année précédente... pendant ses vacances bretonnes... à l'ombre d'un dolmen ou au pied d'un menhir, la petite salope ! Qui était le père ? Là, il y avait des doutes. La Rosen ne voulait pas avouer. Y en avait-il qu'un seul, ou bien étaient-ils plusieurs à s'être succédé dans sa petite niche rousse ? Toujours est-il qu'au pays ce fut le silence. La nuit succède au jour. Le jour succède à la nuit. Le soleil se couche. La lune se lève. Les marées succèdent aux marées. Le temps passe, efface tout. On oublie.

« Moi, j'étais veuve. Mon mari, facteur, avait été tué au cours d'une de ses tournées par un chauffard qui avait un peu trop appuyé sur les petits verres d'alcool. Ma rente me suffisait à peine pour vivre. Alors j'ai fait la nourrice. L'Assistance publique m'a confié un gosse à élever. Un gosse ? Vous parlez, j'en avais toujours eu envie. Allez savoir, il y a des femmes qui peuvent en avoir autant qu'elles veulent : six, douze, dix-huit, à tous les coups ça marche... Moi, rien à faire. C'est pas faute d'avoir essayé. J'ai donc pris un gosse à élever... un gosse rejeté par ses parents. Et puis un jour, voilà que M. le curé de Languidic vient me voir. C'était bien la première fois qu'il se dérangeait pour moi. Certes, j'étais chrétienne... j'allais à la messe du dimanche à peu près régulièrement, à peu près seulement, car, depuis la mort de mon époux, j'avais des doutes sur la justice divine. Disons, pour faire sincère, que je n'étais pas une fidèle cliente du curé de Languidic. C'était l'après-midi. Je lui ai offert un petit verre de liqueur de ma fabrication. Je savais qu'il aimait ça. Au cours de ses après-midi, il paraît qu'il en dégustait plusieurs, comme ça, au hasard, à travers le pays, par charité chrétienne. Après un bon quart d'heure de langue de bois, de pluie et de beau temps, d'orages, de tempêtes, de sécheresse et de vent, voilà que le curé me demande si, par charité, je ne voulais pas m'occuper d'élever un deuxième enfant.

« — Je dis pas non, que je lui réponds, mais par charité... par charité... depuis la mort de mon mari j'ai pas de grands moyens.

« — Non, non, Odette, qu'il me dit. Question argent, il n'y a aucun problème. Tous vos frais seront payés très régulièrement.

« — Dans ces conditions, monsieur le curé, je suis d'accord. C'est une fille ou un garçon ?

« — Un garçon.

« — Vous me l'amenez dans combien de temps ?

« — Dans une petite quinzaine.

« — Il a quel âge ?

« — Environ six mois.

« — C'est un peu jeune, que je dis, mais enfin. Ça ne me déplaît pas de pouponner. J'en ai encore jamais eu l'occasion.

« L'affaire est donc conclue. La somme mensuelle est correcte, sans plus, mais correcte. Et le marmot arrive un beau matin. Il s'appelle Yan Le Houarn. De par son nom, il est donc fils de Breton. Je l'élève sans problème. Mais au fur et à mesure qu'il pousse, le gamin, je commence à avoir des doutes, puis des soupçons, puis la chose me paraît évidente, vers les dix ans. Le Yan que j'élève, il ressemble drôlement à Yves Dréno, le voisin, le propriétaire de l'auberge du Meunier. Je fais un calcul élémentaire, à partir du moment où l'enfant m'a été confié à l'âge de six mois. Je remonte le temps. Première conclusion : le Yan a été conçu au mois d'août. Deuxième conclusion : il est le fils d'Yves Dréno, le séducteur, et de Rosen, la jeune et jolie rousse, sœur cadette de la femme d'Yves Dréno. Je décide alors que l'argent que me donne le curé de Languidic ne suffit pas. Un jour d'été, Yves Dréno vient me voir en voisin, et comme par hasard me demande des nouvelles de mon dernier garçon en pension. Je lui réponds tout de go :

« — T'inquiète pas pour ton fils ! Il se porte à merveille.

« Il était sidéré, le Yves Dréno, sidéré...

« — Comment le sais-tu, qu'il me dit ? Qui te l'a dit ?

« — Personne, que je lui réponds, personne. Mais le fils ressemble tellement au père qu'aucun doute n'est possible. Seule Rosen n'a pas réussi à lui transmettre sa belle chevelure rousse. C'est dommage !

« Yves Dréno, du coup, s'est assis à la place où vous êtes, commissaire. Et il me dit :

« — Il faut que personne le sache, Odette, personne ! Combien veux-tu pour le prix de ton silence ? Je ne suis pas riche, n'exagère pas. S'il te plaît, Odette, ne me fais pas de chantage.

« — Yves, que je lui réponds, je ne te demande pas d'argent, pas un sou.

« — Quoi alors ?

« — Simplement que tu me fasses l'amour deux ou trois fois par mois. Que veux-tu, ça me manque !

« Ah ! il a été surpris le Yves Dréno ! Surpris !

« — On commence quand ? qu'il a demandé.

« — Tout de suite ! que j'ai répondu.

« J'ai fermé la porte à clé et on est passés tous les deux dans la chambre à coucher. Et ça fait une dizaine d'années que ça dure.

Inspecteur du diable, je suppose que vous saviez ça aussi ?

— Je le savais, répondit Thobie, je le savais. Hier, j'étais devant l'appartement d'Yves Dréno, à Vannes. Je vous ai vue arriver, je vous ai vue repartir.

Un des gendarmes regardait quelque chose au plafond. L'autre, scandalisé sans doute, prenait un air bête et absent. Le commissaire Le Garec se caressait le menton. L'inspecteur Thobie souriait aux anges. Il n'en espérait pas tant.

— Madame Le Rouzic, dit-il, vous avez beaucoup de circonstances atténuantes (il n'en pensait pas un seul mot), racontez-nous la suite.

— Pourquoi ? Puisque vous devez la savoir aussi.

— Pas tout à fait, dit Thobie. Et puis, vous savez si bien raconter les choses. Dites-nous, s'il vous plaît !

Le commissaire Le Garec regardait l'inspecteur Thobie et pensait que son adjoint était vraiment le diable.

— La suite ? reprit Odette, la suite est toute simple. Quand Rosen est arrivée, vers les onze heures, dimanche, je cuisinais un civet de lapin de garenne.

— Pris la tête dans un collet, dit Thobie, ce sont les meilleurs, ils ont conservé tout leur sang à l'intérieur.

— Peut-être bien ! peut-être bien ! Et voilà donc que la Rosen me raconte tout de A à Z... qu'elle allait revenir au pays, qu'elle était venue à Vannes chez Yves Dréno, au mois d'août, pendant dix jours, qu'elle allait se marier avec lui, qu'ils allaient restaurer l'auberge du Meunier, qu'ils allaient la donner à Yan, leur fils, qu'ils allaient l'aider à démarrer, etc., etc. Bref ! que la Rosen et le Yves n'avaient pas cessé de s'aimer et de correspondre... Et moi, dans tout ça, inspecteur ? Et moi ? À l'auberge, je serais embauchée comme bonne à tout faire, pour laver le carrelage, passer la serpillière, pendant que dans une chambre, là-haut, Yves et Rosen joueraient aux amoureux. Je savais que je ne pouvais pas lutter. Rosen, la belle, l'élégante, la rousse, et moi, la grosse, la paysanne...

« Et la Rosen me racontait tout ça pendant que je touillais mon civet. J'enrageais : ma petite heure de récréation avec son Yves chéri allait prendre fin, à cause d'elle. Je l'avais invitée à déjeuner. Elle se réjouissait d'avance à l'idée de manger un vrai civet de lapin de garenne. Je me suis dit : *Fais-moi confiance, Rosen, je vais te l'assaisonner, ton civet, tu vas te régaler, ma belle salope !*

« À onze heures et demie, après m'avoir tout raconté, elle m'a dit qu'elle allait faire un petit tour du côté du moulin et de l'auberge, où elle avait connu le bonheur. Tu parles ! Elle s'y était fait dépuceler, s'y était fait engrosser. Le grand bonheur !...

« Une fois Rosen partie, folle de rage, j'ai pris le flacon de Taupicine et v'lan ! j'en ai versé une bonne dose dans la cocotte, en espérant que ça ne donnerait pas trop mauvais goût au civet. Rosen est revenue à midi de son pèlerinage d'amour. La table était mise. Tout était prêt.

« — Rosen, un petit apéritif ? que j'ai demandé.

« — Volontiers !

« — Tu sais, je n'ai que du porto.

« — J'aime bien.

« J'ai servi. On a trinqué. On a commencé à boire. Et puis j'ai dit que moi, depuis le matin, ça n'allait pas très bien. Maux de tête, d'estomac, la détraque... que j'allais laisser le civet de côté, que je mangerais seulement un peu de salade et un yaourt, mais que surtout ça ne l'empêche pas de se régaler avec le lapin de garenne mijoté au vin de Bordeaux, que c'était offert de bon cœur, après une vingtaine d'années d'absence... les retrouvailles, ça se célèbre ! J'ai dit à Rosen que moi, vivant toute seule, je ne faisais pas de chichis, je ne faisais pas deux ou trois entrées. Je me contentais d'un bon plat de résistance, salade, fromage... et qu'aujourd'hui j'allais servir directement le civet.

« — Mais, c'est très bien, Odette, qu'elle m'a dit, très bien.

« Alors j'ai apporté sur la table la cocotte qui mijotait le lapin sur le feu depuis le matin. J'ai soulevé le couvercle. Ça sentait bon, franchement bon... faut dire que j'avais mis thym, laurier, romarin, échalotes... enfin tout.

« — Sers-toi, Rosen ! que j'ai dit. Moi, vraiment depuis ce matin ça ne va pas bien. J'ai des nausées... une crise de foie sans doute... Ne fais pas attention à moi.

« Rosen s'est servi un joli râble arrosé de beaucoup de sauce. Je suis partie à la salle de bains. Deux minutes plus tard, trois peut-être, je ne sais pas, j'ai entendu un grand bruit. Je suis revenue. Rosen qui était à votre place, inspecteur, était tombée de sa chaise. Elle était étendue sur le carrelage, là, devant la cuisinière. Elle tremblait de partout. C'était effrayant. Ses bras, ses jambes... tout son corps était en convulsion. Ses yeux étaient effrayants. Ses yeux me fixaient, me fixaient, imploraient. Rosen ne pouvait pas parler, ses dents étaient serrées. Effrayant ! Effrayant ! Et ses yeux qui demandaient pourquoi... pourquoi je l'avais empoisonnée ? Rosen savait, je suis sûre. Elle savait. C'était effrayant ! Et ces bras et ces jambes qui n'arrêtaient pas de trembler... tous ces spasmes...

« Vite, j'ai été chercher une bouteille de lait. Le lait, paraît-il, est un remède contre le poison. J'ai essayé d'en verser dans la bouche de Rosen. Mais elle avait les dents serrées, bloquées. Et ces yeux qui me fixaient... ces yeux effrayants de vérité... Et puis Rosen s'est raidie tout d'un coup... Les bras, les jambes sont devenus d'une incroyable raideur. Tout d'un coup. Rosen était morte... morte... morte... Toute ma vie je me souviendrai de sa mort. Effrayant ! Rosen a eu une mort horrible, horrible. Elle ne méritait pas ça.

« Ensuite tout a été instinctif, automatique. J'ai été fermer la porte à clé. Puis j'ai traîné le corps de Rosen dans la chambre du fond. Je l'ai allongé sur un lit, sur celui de Yan, son fils. Dessus, j'ai ramené la couverture pour ne plus voir ces yeux effrayants qui m'accusaient. Revenue à la cuisine, je me suis assise là où vous êtes, inspecteur. Je me suis pris la tête entre les mains et j'ai pleuré, pleuré, pleuré, pendant je ne sais combien de temps, une heure, deux heures... Je ne voulais pas la mort de Rosen. Un moment, j'ai été folle de jalousie. J'ai complètement perdu la raison... Folle, j'étais... Quand j'ai repris un peu le sens des réalités, j'ai commencé à me demander ce qu'il fallait faire. Je ne savais pas. J'ai voulu fuir n'importe où, mais fuir. J'ai pris mon vélo et je suis partie, au hasard, sans but. J'ai pédalé, pédalé, ne regardant rien du paysage, ni des gens. Devant moi, j'avais les yeux de Rosen qui ne cessaient de me dire : Pourquoi ? Pourquoi ? Je fuyais, je pédalais, je fuyais...

« Fatiguée, je suis arrivée à Guémené. Sur la place, il y a un café. J'ai rangé mon vélo contre le mur. Je suis entrée et j'ai commandé un café, puis deux. Presque en face il y a la gendarmerie. J'ai eu envie d'aller frapper à la porte des gendarmes, de tout leur raconter, de tout avouer mon coup de folie meurtrière. Longtemps j'ai hésité. J'ai commandé un troisième café. Le patron m'a regardée d'une drôle de façon. À tel point que je me suis demandé si ce que je venais de faire n'était pas inscrit sur mon visage. Quand le patron m'a apporté le troisième café, j'ai tout payé. J'ai bu une gorgée et je suis sortie. Il a dû me prendre pour une folle. J'ai repris mon vélo. Je n'avais plus envie d'aller voir les gendarmes. En revenant vers la maison, j'ai eu une idée. Je pédalais moins vite. Je commençais à réfléchir sur ce que j'allais faire du corps de Rosen. Je ne pouvais tout de même pas l'enterrer dans mon jardin à même la terre, sans cercueil, comme un chien. Alors je me suis souvenue du passage d'un des livres que me prêtait Yves Dréno. Les hivers sont longs. Je n'ai plus le jardin pour m'occuper comme à la belle saison. Tous les ans, à cette période, le Yves m'apporte des livres sur les vieilles coutumes que les gens d'ici avaient, il y a plusieurs siècles et même davantage. Dans l'un d'eux, il est écrit que les morts de la Toussaint renaissaient aussitôt dans un autre corps à condition de les exposer nus sur un dolmen et en dirigeant le corps vers une rangée de menhirs. C'était possible tout près de chez moi, à côté de l'auberge. Je pédalais et je réfléchissais comment j'allais pouvoir faire toute seule. J'avais un dolmen. J'avais trois menhirs. Si je réussissais à faire monter Rosen là-haut, elle revivrait la nuit prochaine. Ainsi je me disais qu'elle n'aurait été morte qu'une petite demi-journée, je me sentirais un peu pardonnée.

« Revenue devant la maison, j'ai posé mon vélo. Je ne suis pas entrée. Je n'en avais pas le courage. Je suis partie faire un tour à pied du côté de l'auberge. Il n'y avait personne. Derrière l'auberge, il y a un appentis. J'ai vu une échelle suspendue à deux pitons, le long du mur, et la pile de planches par terre. Le Yves Dréno voulait entreprendre je ne sais plus quelle réparation. Je me suis assise sur les planches et je me suis tournée vers le dolmen. Je suis restée comme ça un long moment à réfléchir... Finalement ce n'était pas très compliqué, pour faire monter Rosen. Le poison l'avait rendue d'une raideur incroyable. Je la déshabillais en bas, afin de rester le moins longtemps possible sur le dolmen, où j'aurais pu être vue de loin. Je mettais l'échelle... après je ne savais pas encore très bien comment j'allais m'y prendre, mais ça devait être possible.

— Et ensuite, vous avez pensé qu'avec une corde le problème serait résolu, dit Thobie. Il suffirait d'aller chercher celle accrochée à l'entrée dans le moulin.

— Inspecteur du diable ! puisque vous savez tout, pourquoi me laissez-vous continuer ?

— Mais parce que vous savez beaucoup mieux raconter que moi, Odette, répondit le diable. Et aussi parce que j'aimerais savoir, par simple curiosité, comment vous avez fait avec la corde ?

— Ben ! j'ai passé la corde sous les bras de Rosen, et j'ai fait un nœud.

— Oui, ça je sais, dit Thobie, mais ensuite.

— Comment ça, vous savez ? Vous étiez là en train de me regarder faire ?

— Oh non ! dit Thobie. Ç'aurait été gênant pour moi de vous servir de complice étant donné ma profession... Donc, une fois la corde passée sous les bras de Rosen nue, comment vous y êtes- vous prise ?

— Je suis montée à l'échelle, jusqu'en haut, j'ai jeté le bout de la corde de l'autre côté du dolmen. J'ai fait bien attention que la corde soit au milieu des deux montants de l'échelle sur le dernier échelon. Je suis redescendue, j'ai mis une planche sur les barreaux, j'ai pris Rosen à bras le corps, je l'ai mise debout contre la planche. Et à partir de là, il ne me restait plus qu'à passer de l'autre côté du dolmen et à tirer sur la corde... Rosen est montée là-haut sur la pierre en moins d'une minute. C'est tout. Pourquoi ? vous, le diable, vous vous y seriez pris d'une autre façon ?

— Non, Odette, je pense qu'en effet c'était la meilleure méthode. Et après ?

— Après ? Après ? C'était tout bête, tout simple : je suis revenue au pied de l'échelle. J'ai enlevé la planche, je suis montée sur le dolmen. J'ai détaché Rosen, je l'ai orientée vers les trois menhirs, comme c'était écrit dans le livre. Et voilà ! Il n'y avait plus qu'à redescendre et à ranger le matériel là où je l'avais pris. Et ensuite à aller cacher provisoirement les vêtements dans l'auberge. Finalement, toute l'opération au pied du dolmen m'a demandé cinq petites minutes, tout au plus.

— Et il était exactement une heure et demie du matin, dit Thobie.

Odette Le Rouzic regarda l'inspecteur avec un air ahuri, effrayé. Il est probable même qu'elle se retint pour ne pas faire un signe de croix. Devant elle se dressait le diable en personne, en chair et en os. Le diable !

— Vous avez regardé votre montre à ce moment-là ? finit-elle par dire.

— Pas moi, mais quelqu'un d'autre.

— Qui ça ?

— Le père Adrien qui habite Kerhel.

— Il était là, lui ?

— Non, il était dans son jardin, en train de pisser contre le mur.

— Vous vous foutez de moi, inspecteur le Diable ? dit Odette, furieuse. De là-bas il pouvait voir ?

— De là-bas on peut voir une lumière.

— Je n'avais pas de lanterne. Je n'ai rien allumé. Je n'étais quand même pas folle à ce point-là. Vous croyez que j'avais envie que tout Languidic vienne voir ce que j'étais en train de fabriquer une nuit de Toussaint. Oh ! le Diable, ça ne va pas dans votre tête ?

— Ne vous fâchez pas, Odette, reprit l'inspecteur Thobie-le-Diable. Ne vous fâchez pas. Si : vous avez allumé dans l'auberge pour cacher les vêtements.

— Ça, c'est vrai. Mais personne pouvait voir, les volets étaient fermés et j'ai fait vite. C'était une cache provisoire pour quelques jours. Alors quelle lumière il a pu voir, Pépé la Braconne ? Une lumière qui a brillé tout d'un coup dans sa cervelle ?

— La lumière, en bout de la grande salle souterraine, au-dessus du muret de la grotte, répondit Thobie, très calmement.

— Il y a une ampoule électrique là-bas, au bout du couloir ? Vous remarquez tout... Rien ne vous échappe !

— Eh oui !... Eh oui ! il y a une ampoule, et, la nuit, elle se voit de très loin lorsqu'elle est allumée... de très loin...

— Pépé la Braconne, il vous a dit qu'il était en train de pisser contre le mur de son jardin, à une heure et demie du matin, et vous l'avez cru ? Il était pas plutôt en train de poser des collets dans la lande ? Une nuit de Samain, il a pas peur, l'Adrien, de rencontrer la charrette de l'Ankou.

— Ça change pas grand-chose à l'affaire, le fait qu'il pissait ou qu'il tendait des collets.

— Évidemment ! conclut Odette, mais tout

de même, aller vendre le lendemain des lièvres et des lapins étranglés une nuit de Samain, c'est pas correct.

— Vous, madame Le Rouzic, c'était correct ce que vous étiez en train de faire cette nuit-là ?

— C'est pas la même chose, moi j'essayais de faire ressusciter l'âme d'une morte... comme les anciens l'ont écrit... faut croire les anciens.

— Odette, une toute dernière question, et après, promis, je vous laisse tranquille, dit Thobie. Comment avez-vous transporté le corps de Rosen jusqu'au pied du dolmen ?

— Avec ma brouette. Et c'était pas facile. Raide comme elle était, j'ai été obligée de la mettre en travers. Plusieurs fois elle a failli chavirer. Un vrai calvaire...

— Je n'ai plus de questions à poser à Mme Le Rouzic, dit l'inspecteur Thobie en se tournant vers le commissaire.

— Beau travail ! répondit Le Garec. Félicitations !

— Quoi, beau travail ? dit Odette.

— Oh pas le vôtre, madame ! Pas le vôtre ! Je félicite simplement l'inspecteur Thobie sur son enquête et sur la façon qu'il a employée pour vous faire tout avouer.

— C'est le diable ! répondit Odette... le diable en personne... Je vais en prendre pour combien ?

— Une bonne douzaine d'années, dit Thobie.

— Tant que ça ?... Quand je reviendrai, je serai vieille, plus de 75 ans... Moi qui suis habituée au grand air, qu'est-ce que je vais m'emmerder à l'ombre, à longueur de journées, entre quatre murs. Et mes poules, et mes lapins, et mon chien ?

— Vous connaissez quelqu'un dans le pays pour s'en charger ? lui demanda Le Garec.

— Ma sœur. Elle habite un petit village à l'autre bout de Languidic. Elle va être contente et fière de sa frangine, la pauvre ! Quelle honte sur la famille ! Et dans tout le pays, ça va jaser... ça va jaser...

Le commissaire Le Garec était jusqu'alors demeuré à peu près silencieux, laissant faire, et bien faire, son adjoint. Il intervint avec une certaine véhémence dans le ton.

— Madame ! Par jalousie, vous avez brisé une famille, une famille qui allait se reconstituer pour le bonheur de tous. Un père, une mère, un fils allaient enfin se retrouver, s'aimer, et essayer de combler les années perdues. Et vous, madame, par une jalousie inqualifiable, vous avez tout saccagé, enlevé une mère à son fils. À cause de vous, Yan ne connaîtra jamais sa mère. Et tout cela pourquoi ? Pourquoi ? Vous n'avez même pas honte de l'avouer, pour sauvegarder le plaisir hebdomadaire de vos fesses... pour le seul plaisir de vos fesses... Vous n'avez pensé qu'à ça !... Et en plus, comme si ça ne vous suffisait pas, vous vous êtes livrée avec le cadavre de la morte à une grotesque et macabre plaisanterie. Vous avez osé insulter la mémoire celte et bretonne. Vous avez osé profaner dolmen et menhirs. L'inspecteur Thobie vous a dit une petite douzaine d'années. Moi, madame, j'espère que vous allez en prendre pour vingt ans, et pour vingt ans ferme. Gendarmes ! Passez-lui les menottes et emmenez-là. Voici le mandat d'arrêt.

Odette Le Rouzic, subjuguée, muette, s'était levée, avait tendu les deux mains vers les gendarmes. Devant elle, ce n'était pas un, mais deux diables qui s'étaient dressés. Elle n'était pas de force à lutter.

Toutefois, avant de monter dans le fourgon, elle eut un dernier sursaut de volonté, et, se retournant vers le commissaire et l'inspecteur sortis devant la maison, elle lança à Thobie :

— Inspecteur du diable ! Fermez bien les volets et la porte à clé derrière vous. J'aimerais pas qu'on me cambriole pendant mon absence.

Chapitre XIII

Le fourgon cellulaire fit demi-tour devant la maison d'Odette Le Rouzic et reprit la petite route.

— Et maintenant ? demanda Le Garec. Qu'est-ce qu'on fait, inspecteur Thobie ?

— L'inspecteur Thobie dit à son très honorable commissaire qu'un petit verre de muscadet serait le bienvenu. L'inspecteur Thobie a beaucoup parlé depuis son arrivée ici. Il a la gorge sèche. Alors, cher commissaire, on tire la lourde derrière nous, on va déposer les clés chez le maire de Languidic pour qu'il s'occupe de l'intendance : l'eau, le gaz, l'électricité, le chien, les lapins, et le coq et les poules. Et après, on se pointe chez Jules. C'est juste l'heure de la première tournée d'apéritif. On va retrouver Pépé la Braconne, Loin du Ciel, qui sait peut-être Goupillon et même, avec un peu de chance, sur la place de l'Église, on va croiser La Balconnière et La Bagouse qui va nous faire le coup de s'avancer vers nous en se passant les deux mains dans les cheveux, tout en nous regardant droit dans les yeux. Regardez, commissaire, il y a un rayon de soleil qui nous arrive et éclaire le moulin d'Organ, l'auberge du Meunier, le dolmen et les menhirs. Les bijoux de La Bagouse doivent être éblouissants, du côté de l'église de Languidic...

Reproduit et achevé d'imprimer en mars 2005

dans les ateliers de Normandie Roto Impression s.a.s., 61250 Lonrai

N° d'impression : 050518 - Dépôt légal : mars 2005

Imprimé en France